L O V E

當我離開，才知道愛

梅洛琳 著

如果有一天，
靈魂脫離了肉體，
再也沒有人看得到自己，
那……
世界會變成怎麼樣？

目錄

目錄

第一章

我叫伍琳，是個高中生，平常除了上課之外，就在老爸所開的「姜胡」冰果店做事。

取「姜胡」這個名字實在很怪，但我老爸是個老兵，他說在他年輕時，被一個叫「姜胡」的人救了一命，為了感激他，所以我們家的冰果店就叫做「姜胡」冰果店。

說真的，我實在不喜歡這個名字，聽起來像漿糊，不過這是在我出生前就開的店，也沒我這個小孩子說話的份，所以就算在「姜胡」裡工作，也不代表我一定要贊同。

話說，人家現在是最愛玩的年紀，老爸老是叫我顧店，雖然心不甘情不願，還是得幫他顧。

沒辦法，老媽不在了，家裡只剩我跟老爸，我不多幫著他一點，誰幫？

第一章

老爸很可憐，年紀輕輕就來到了臺灣，親人都在大陸，年紀大了後才跟老媽生下我，沒想到老媽比他早到蘇州賣鴨蛋，現在又要養我一個女兒，我如果再不聽他的話，那他怎麼辦？

所以就算下課了，我換了制服，就得站在店裡，看著來來往往的學生，一一進到我們店裡吃冰。

喔！對了，我們家剛好開在學校後門口，所以每次下課後，都有很多學生來我們家吃冰。

以前就算心不甘情不願，還是得幫，可是最近——嘿嘿！我每天放學回到家的第一件事，就是趕快脫下制服，換上我買的漂亮衣服，在嘴唇偷偷地抹上口紅，然後才回到前面做事。

「琳琳啊！妳最近怎麼老是穿這種露肩的衣服？快回去換！快回去換！」老爸操著濃厚的山東腔跟我講話，我不服地叫了起來：

「哪有很露！」

「怎麼沒有？妳看妳，兩隻胳膊都露出來了，還有這邊，」他指著我還沒有長出來的胸部，「露那一大塊肉做什麼？還不快回去給俺穿件外套！」

「老爸！都什麼天氣，你還叫我穿外套？」現在是夏天耶！

「不管，快去穿！」

「厚……」門口有人來了，我趕緊喊道：「歡迎光臨！」客人來了，總算可以轉移老爸的注意力了。

陸陸續續進來的客人，大部分都是我們學校的學生，就連學校的籃球隊，也常到我們店裡光顧。

我趕緊站到最前線，等著他們點冰。

「我要花生冰。」

「我要四色冰。」

「我要……」

我一一將他們要的冰點記了起來，然後視線瞟向他，看他要點什麼。只見他走了過來，用他那好聽的聲音跟我說道：

第一章

「同學，我要芒果冰。」

「好的，馬上來。」我帶著愉悅的聲音，轉過頭開始幫老爸準備冰。

沒錯，就是他，他就是我最近都願意站在冰果店的原因。高守，學校籃球隊的主將，每天籃球隊練完球後，都會到我們家來吃冰。

看到高守，我好高興喔！

大概練籃球的人，身高都滿高的，他大概比我高一顆頭顱吧？每次他點冰的時候，我都得抬起頭來才能看得到他。

晒得有點古銅色的肌膚，雪白的牙齒，每次他笑起來時，都像有無數閃光，我都得拿出太陽眼鏡來遮戴，因為他的笑容實在太亮眼了，只要多看他兩眼，我都會不好意思，可是又想看他，所以只能偷偷地看著他。

他長得有點像王力宏，可是比王力宏近距離多了，而且那飛揚的神采更是其他人所比不上的，每次他來，我們小小的冰果店彷彿都亮了起來。

「ㄚ頭，好了。」

「喔！來了。」

老爸把冰一一盛好，我則負責將冰送到高守那一桌去，先深呼吸，再定下心來，我故作優雅地走了過去。

「這是花生冰、四色冰……」一一將他們點的冰都送完，我最後才將芒果冰放在高守面前，然後多看了他一眼，再害羞地走掉。

「哇！高守，你的冰好像比較多喔！」後面有人叫了起來。

「哪有？」

「有哇！明明就你的冰比較大碗。」

「你看錯了吧？」

我心虛地快步回到前面，沒錯，高守的冰是我裝的，每次他來，我都故意裝多一點給他，冰也比別人多一點，果汁也比別人多一點……

當然我不敢做得太明顯，免得被其他人發現，每次都只有一點點而已，怎麼這樣也會被別人發現？真搞不懂。

第一章

這就是為什麼我最近開始打扮的原因，雖然高守不知道，我這樣的打扮是為了他，不過沒有關係，只要每天下課，能在冰果店看到他，就已經夠了。

他大口吃了一口冰，抬起頭來，眼神往這邊瞟過來……唔……他在笑？他在笑是嗎？我趕緊低頭拿起抹布擦拭已經很乾淨的桌子，裝作沒看到，可是他的笑還是不大不小敲進我心扉。

怎麼可以有男生笑得那麼好看？真討厭！

我低頭覷他，咦？他又低頭吃冰了，剛才的笑容……莫非只是我的錯覺？

啊！不管了！再看下去的話，就要被其他人發現我的心事了。我是少女耶！少女的心是很敏感脆弱的，要是被其他人發現的話，我會很不好意思的。

回到老爸身邊，繼續做我的美夢。

※　※　※

會喜歡上高守，是在那一天的午後。一如往常的，我坐在櫃檯前看店，那一天天空陰陰的，店裡也沒什麼客人，我無聊地在椅子上趴著打盹，然後，他走了進來。

像是一輪太陽似的，我整個眼睛都亮了起來，瞌睡蟲也全被他趕跑，他就這樣照進我的世界。

一身的古銅色皮膚，牙齒雪白的像閃光燈，一直刺進我的眼底，叫人不注意都不行，而那好看的笑容，一直向我逼進，更不用講那張讓人看了心花怒放的臉……

「一杯芒果冰沙帶走。」

連聲音也這麼好聽，我有點陶醉……

「小姐、小姐……」

啊？什麼，我大夢初醒，見到他一雙疑惑的眼神看著我，我趕緊回神。

「我要芒果冰沙。」

「喔……好。」我滿臉通紅，轉過身幫他弄冰沙，卻覺得自己很丟臉，好像花痴喔！男生一定很討厭我這種女孩子吧？

從那一天之後，他就常常來我家吃冰，有時候喝個飲料，更多時候，是跟著他那群打球的朋友一起來的，而從他們的呼喚中，我才知道他的名字叫高守。

高守？高手？如果再加上我這個伍琳的話，就是武林高手了……

啊哈哈！我在想什麼？還以為他真的能跟我在一起呢！也不知道他有沒有女朋友？或是喜歡的女孩子？我一個人在這裡窮開心個什麼勁？

不過……每次只要他到我們店裡來，我的心臟……就無法遏抑地加快速度跳了起來，常常我以為音量大得足以讓他聽到……

這就是戀愛的感覺吧？

「喂！丫頭，在做什麼白日夢？還不趕快去擦桌子！」

好痛！討厭啦！老爸突然從後面打了我腦勺一下，很痛耶！而且他竟然還破壞我對高守的遐想，真是太過分了！

雖然如此，不過我什麼話也沒講，只是滿懷怨懟地瞪了他一眼！

「知道了啦！」

※　　※　　※

一如往常的，下了課之後，我繼續留在冰果店裡幫忙，難道正處青春期的我，不能像其他女孩子，在外面東跑西跑，恣意揮灑年輕的汗水嗎？從小到大，每到夏天，我就只能跟冰塊還有電風扇為伍，好悲哀喔！

哎！真想去一次海邊……

「一個綜合果汁這裡用，謝謝。」

咦……這個聲音是……我抬起頭來，不可置信地睜大了眼睛，表情一定很拙，因為……高守竟然來了啦！

「喔……好……」話雖如此，我還是呆呆地站在原地。

只見高守奇怪地看著我，問道：「妳怎麼了？」

「喔……呃……沒事。」我趕緊轉身去拿水果，按照比例將它們放進果汁機，然後加點蜂蜜、放點冰塊，啟動開關，讓果汁機的震動聲來化解我的窘境。

「今天禮拜天，沒出去玩啊？」

咦？我左右看看，由於今天是禮拜天早上，沒什麼客人，所以……他是在跟我講話囉？我慢慢轉過身來，不敢看他的眼眸，企圖冷卻過於興奮的情緒。

「對啊！要顧店。」他在跟我說話耶！高守在跟我說話耶！我努力讓自己維持淑女的形象。

「好辛苦喔！」

「還好啦！」有了你，什麼辛苦都值得。

「妳平常下課就在這裡顧店，禮拜天都沒有出去玩啊？」高守那雙眼睛像夜裡晶燦的星子，看得我渾身發熱。

「想啊！不過店裡還是要顧，要不然沒有人幫忙。」

「妳爸呢？」

「他在後面休息。」我和老爸在這裡可是頗富盛名，冰果室的老伍誰人不曉？會知道我跟他是父女關係也不足為奇。

我將打好的果汁裝進杯子裡，由於太過興奮，平常熟練的動作竟然出了些許差錯，果汁都溢到吧檯上了，我趕緊用抹布把它擦乾淨。

「妳叫什麼名字？」

「我叫伍琳。」

「我叫高守。」

「我知道。」

「妳知道？」他有些訝異。

為了不讓他發現心事，我講話都有點大舌頭了：

「呃……因為你和你朋友都常來，我聽過他們叫你的名字。要袋子嗎？」我將杯子和吸管遞給他。

「不用，謝謝。」高守將錢放在檯子上，馬上喝了起來。

「那我走了，拜拜。」

「拜拜。」

高守走了，還跟我揮手道別，我也揚起手跟他說再見。等他走後，我情不自禁喲呼了一聲！將快樂全爆發了出來。

高守耶！他跟我講話了，等明天到了學校，我一定要講給我那個死黨小梅知道，

第一章

他第一次這樣跟我面對面的講話耶！

不過……禮拜天高守怎麼會來呢？嗯，大概是在學校跟人有約吧？

那不是重點，總之，我今天實在太開心啦！

※　　※　　※

「嗨！伍琳。」

才吃完午餐，換老爸到後頭吃飯，我在櫃檯又看到高守走了過來，心頭不由得狂亂起來，一天見到他兩次，而且又是學校休息的禮拜天，看來我晚上可以去買彩券了。

壓抑住心頭的狂喜，我企圖平靜地和他打招呼：

「嗨！你又來了。」

「嗯，早上跟人約在學校打球，剛到隔壁吃完飯，我們就又過來捧場了。」高守的身邊，少說圍了七、八個我們學校的學生。

「謝謝囉！」才說完幾句，高守身邊的人就開始：

「我要西瓜汁。」

「我要四色冰。」

「我要……」

我一一的暗記下來，然後開始裝冰取料置盤，由於現在只有他們這一群客人，而且男生嗓門又大，我能夠清楚地聽到他們的對話：

「高守，你認識她啊？」

「就老闆的女兒啊！」高守回答著。

「對啊！我們也知道，不過你什麼時候知道她的名字？」

「我們也想認識她，看果汁會不會大杯一點。」

「啊哈哈……」

一群臭男生，竟然圍著高守問這尷尬的問題，他們以為我沒聽到嗎？一點都沒顧慮到我這個敏感的少女就站在這裡。我盡可能地忙碌，不想去理會他們，不過當冰弄好之後，還是得拿著冰送過去。

第一章

我企圖裝作無動於衷，一一將冰放了下來。

「這是四色冰、花生冰……」

「妳叫伍琳啊？」有人同我說話。

「妳好像是二班的，對不對？」

「嗯。」我勉強應付，除了高守，其他的人我全都沒興趣。

「我們是七班的，常常來你們店裡吃冰喔！」

「我知道。」客人至上，我又不能甩頭就走，很沒禮貌。

「那等一下果汁能不能幫我弄多一點？」剛剛最後說話的學生問道，我則淡淡地回答：

「你要大杯的嗎？要加五塊喔！」

「嘩！同學，妳很計較耶！」

「你到底要不要大杯？」我盡可能地和緩語氣，遇到這種奧客，真的很討厭耶！

「一點都不可愛。」

我瞪著批評我的那個男生，想必我的臉色一定很難看，才會一下子全都沒了聲音，每個人的表情、動作全定了格，像是瞬間凍結似的。

這時候，一個熱情的聲音響起：

「伍琳，待會果汁全換大杯的好了。」是高守，他嘹亮的聲音貫穿全場，而剛剛批評我的那個男生則道：

「換大杯？高守你要請客呀？」

「可以呀！」他爽朗地道。

「那我也要！」

「我也要！」

一時間，原本點果汁的男生紛紛要求加量，而只有吃冰的男生也貪圖便宜，全都要再追加果汁，這——什麼嘛！把高守當凱子了！

我氣憤地看著其他男生，沒有動靜，而注意到我站在原地的高守，則笑著道：

「伍琳，麻煩妳囉！」

「喔！好。」我的聲音突然變得溫柔、甜美，連我自己都嚇了一跳。

回到前面去打果汁，我刻意忽略後面那群臭男生，竟然毫無廉恥地占高守的便宜，而高守也沒抗議，依舊好脾氣地一一答應，簡直是爛好人一個。

但……誰叫我喜歡上這個爛好人？只好照他的話，打了八杯果汁過去，畢竟生意還是得做。

望著八大杯用玻璃杯裝的果汁，端著托盤的手竟然有些搖晃，好像太勉強了。

我慢慢地走著，忽然聽到一個聲音：

「要不要我幫妳？」

是高守！他站在我面前，他看到我的困境了嗎？

「不用了。」我客氣地道。

「沒關係，我來。」他堅持，還伸出手出力幫我拿托盤。

「真的不用。」我搶回來，怎麼可以讓他幫我？

「我幫妳。」

「不——」

乒乒乓乓、嘩啦啦啦……一陣杯子撞擊與液體傾洩的聲音在坪數不大的店裡響起，我錯愕地看著滿身是果汁的高守，一時無措。

「怎麼啦？怎麼啦？」老爸從後面跑出來，手上還拿著碗筷，他一看到便驚呼了起來：「琳琳，發生了什麼事？妳怎麼把果汁倒在客人身上呢？」

「爸，不是我……」我連忙解釋，要倒，也不會倒在高守身上，我恨透了自己的遲鈍。

只見老爸忙不迭地跟高守道歉：

「對不起、對不起，俺這個女兒就是這樣，笨手笨腳的，真是抱歉。」

「伯父，沒關係。」高守好脾氣地道。

「怎麼沒關係？這樣出去怎麼見人？都是這丫頭的錯。」老爸責備地望了我一眼，我只能承受。「這樣吧！我看你身材和俺差不多，俺先拿件衣服給你，丫頭，妳帶他到妳房間去換衣服吧！」

「爸！」我叫了起來。

「是咱們把人家衣服弄髒，就得負責，還不快去！」老爸聲色疾厲地道。

「伯父，不用了。」高守拒絕著。

「怎麼不用？小伙子，你放心，俺會給你個交代。」老爸還拍了拍他的肩，回過頭用以前對下屬的嚴厲口吻道：「丫頭，還不快去！衣服在陽臺上，去拿給人家。」

「好、好啦！」就算不服，我也無可奈何，轉頭對高守道：「你跟我來。」

高守還想再說什麼的樣子，卻被老爸揮舞著：

「去！去！去！」

他看著我，我們兩個苦笑了一下。

帶著高守走到二樓，我只能祈禱我的房間沒有太亂，早上起床棉被是有摺了，可是書本、衣服好像還亂丟亂放，啊！這時候我幾乎要後悔了……

「妳的房間？」高守站在我背後問。

「嗯，」我不敢進去，「你……先進去吧！」

「可以嗎？」

「我爸都說了，你就進去吧！」我說完便到陽臺去，找件老爸的T恤，然後回到房間。

高守站在那裡，似乎正在打量，感覺……怪怪的。我是女生耶！房間就這樣被一個男孩子看光！老爸也真是的，一點都沒有顧慮到我的心情。

不過……是高守耶！第一個進到我房間的男生竟然是他？我可是怎麼想也想不到。

高守發現到我，朝我笑了一下，我趕緊把衣服丟給他。

「哪！這件應該可以，你快點換吧！」

「那我換了。」

「嗯。」

於是高守轉過身去，當著我的面換起衣服，我也沒有離開，就站在那裡看他更衣。我知道他平常有在運動，身材很不錯，沒想到背部的肌肉也滿結實，滿陽剛，很有男人的味道……

我呆呆地看著他，直到他把衣服換好。

高守換好衣服，轉過身來，看到我時，表情愣了一下，這時候我才發現，我我我——我在幹什麼！竟然看著一個男生換衣服？而且還目不轉睛！

轟！

我的腦袋像被雷打到，整個人都掏空了！整個臉蛋好熱、好熱……

完了！真想死！我的名譽就這麼毀了，我連忙跑開，不敢再看高守，不敢再面對他！

嗚……我再也不敢出現在高守面前了啦！

第二章

從那天之後，我再也不敢看到高守，如果遠遠地看到他來，我就找個藉口溜到樓上，不敢再在店裡站著。至今我仍無法釋懷，自己怎麼那麼笨？

如果他換衣服的時候，我有走開就好了，就不會造成現在這種狀況，自己當初怎麼那麼傻？

哎喲！真是笨！笨死了！

連續幾天，我的臉都臭臭的，老爸問我，我都不跟他講話，說起來這件事跟他脫不了關係，要不是他，我怎麼會丟臉到太平洋去？

看來，我跟高守是無緣了啦！我在心靈默默哀悼還沒開始就結束的戀情。

「伍琳！妳在幹什麼？」小梅走了過來。

「沒什麼。」我趴在桌上，有氣無力地道。

第二章

「妳要不要過來？櫻子說她要用塔羅牌幫我們算命耶！」櫻子是我們班的日本轉學生，上學期才轉過來的。除了說話有種奇怪的腔調外，倒也是個很好的人。

「沒興趣。」我懶洋洋地道。

「哎呀！來算算看，妳不是喜歡常去你們家吃冰的一個男生嗎？妳來算算看跟他的發展怎麼樣？」

「不可能會有結果的。」

「為什麼？」

打死我都不會把看到高守換衣服的那件事講出去，太丟臉了！不過小梅根本不管我的拒絕，依舊把我硬拉了起來。

「來啦！」

我跟著她，走到班上女生圍著的圈圈，她們看到我，讓出了一個位置。

「換伍琳了，伍琳還沒算到。」

「伍琳，妳一定要算算看，很準喲！」

「上次櫻子說我會有偏財運，結果我叔叔從國外回來，給了我一個大紅包耶！」

「好棒喔！太厲害了。」

對於算命，我是抱持著可有可無的態度，不是很迷信，不過對於這種不論是東方還是西方，就自古代流傳下來的文化仍保持著尊敬。很多事情，本來就不是人力所能理解的。

「伍琳，妳要算什麼？」有人問道。

「感情吧！幫伍琳算算，她的真命天子，什麼時候出現？」小梅代替我回答，還曖昧地朝我眨了眨眼。

「小梅！」我不好意思地喊了起來，怕其他人發現我的祕密。

小梅朝我神祕一笑，把我推到了櫻子面前。

我沒有玩過塔羅牌，也不了解方式，只聽櫻子問了我幾個問題，我照實回答，像是生日啦！住哪啦！然後要我從一堆牌裡抽出九張，接著依她指定的順序放在桌上，排成三列，牌背向上。

第二章

「妳的運勢不利，這幾天心情不太好喔！」櫻子翻過牌，看著牌的正面說道。

對！對極啦！我這幾天的心情的確糟透了。

「不過否極泰來，只要努力，願望仍然會實現。」

什麼？我還有機會和高守在一起嗎？櫻子的話聽得我眼睛都亮了起來，精神為之一振！

只見櫻子邊翻邊解釋牌面的意思，然後將牌放了下來，再翻下一張，翻到最後一張時，驀然她的臉色一變，話也停住了。

「怎麼了？最後一張牌是什麼意思？」前面八張我聽她說的都還頗有幾分道理，而且對照我的性格、心情，及最近發生的事情都還滿準的，不免對中間，也就是最後一張牌好奇起來。

「咦？是死神耶！」

「我們都沒有出現過死神耶！」

「死神是什麼意思？」

站在旁邊的同學驚呼了，我聽到是死神，不免皺了皺眉頭，好奇地將頭湊上前。

「櫻子，這是什意思？」我看著身穿黑衣、手持鐮刀的死神，直覺沒什麼好事。

「死神是生命的終結，」櫻子雙眼微閉，神色凝重地道：「不過也不見得代表死亡，另外一層解釋則為災厄終結，妳不用太在意。」她的語氣帶著安慰。

「災厄終結？」我有點不太了解。

「就是所有不好的、晦氣的運勢全都結束。未來，妳的前途是光明的。」櫻子邊說邊收起牌。「我說過了，我只是練習算牌而已，不論未來是好是壞，還是得靠自己的努力，不要被命運打倒了。」她像老師般的口吻說教。

「知道了。」眾人異口同聲道。

※　　※　　※

死神啊……

我散步在校園，漫不經心踢著石子，想著櫻子所說的話，雖然說我不太信算命，但被算出有死神存在，多少會有些疙瘩，再說，我最近的運勢好像也不是很好。

第二章

不小心潑了高守一身，現在又不敢看他，前天老爸發的零用錢，又不小心掉了，早上考試又不及格——

哎喲！好痛！

瞧！這會兒又跌倒了，我整個人撲倒在地，這不是噩運是什麼？看來櫻子說的還挺準的。

我站了起來，拍拍灰塵，嘆了口氣。

「伍琳。」

誰叫我？我左右張望，赫然發現高守就站在不遠處，手上拿著一瓶未喝完的飲料正看著我。

我呆了一下，然後以最快的速度逃離現場。

丟、丟臉死了！

為什麼每次都讓他看到我最糟糕的一面呢？以前沒有和他講話，只是遠遠看著他，保持著陌生人的關係也就算了，就在知道我名字、還認識我之後，卻屢出狀況？

嗚……我跟他鐵定是今生無緣。

一整天的心情都很 BLUE，就連天空也在為我譜出灰色奏鳴曲，如果這時候還有落葉飄在我頭上的話，那景象一定更加蕭瑟。

嗚……高守……

悶悶地過了一天，下課後回到家裡，我換了便服，在店裡幫忙。老爸出去不在家，我應該好好顧店的，腦筋卻不斷胡思亂想……高守他還會再來嗎？如果他來的話，我要怎麼辦？繼續躲下去？還是當做陌生人，互不認識——

「小姐，喂！小姐！」一個年輕人嚼著檳榔，操著臺灣國語，穿著流裡流氣，十足的臺客樣，他的聲音喚醒了我。

「需要什麼嗎？」我職業化地反問。

「一杯西瓜汁帶走。」他兩隻眼睛骨碌碌地看著我，讓我很不舒服。

「馬上來。」我轉過身弄西瓜汁，避開他的眼神。

將切好的西瓜裝入果汁機，再淋上少許蜂蜜，我按下開關，果汁機正在攪拌之際，那男人又說了：

「小姐，一個人喔？」

我沒有抬頭，低頭看著西瓜汁，幫他裝杯。

「要不要跟哥哥出去玩一玩？」

哥哥？我睨了他一眼，懶得理會，將裝好的西瓜汁遞給他。

「二十塊。」

「怎麼樣？哥哥帶妳出去走一走？」男人走進店裡，進到櫃檯，我嚇了一跳，一般的客人是不會隨便進來的。

「不要！」我叫了起來，有點恐懼地看著他，靠這麼近，想要做什麼？

他不是店裡的常客，而且他一臉猥瑣，看起來就不是好人。現在老爸不在，店裡又沒有其他人，他如果要對我怎麼樣？我、我要怎麼辦？

「好啦！」他竟然抓住我，我嚇得叫了起來。

「我不要！」我使勁想要抽回手，奈何他的手像鐵圈似的，緊緊箍住了我，我動

彈不得。

「沒關係啦！」他色瞇瞇地看著我，一副口水快流下來的樣子，感覺好像要把我吃了，好恐怖，而且他的力氣好大，好像隨時可以把我拖走，如果我真的跟他走了，我會怎麼樣？

電視新聞不是報導過檳榔西施被強行帶走，然後被強姦被殺的新聞嗎？我又不是賣檳榔，也不是西施，為什麼找上我？

我渾身打顫，想要求救，一時間又不知叫誰來救我，會有人來嗎？我慌了手腳，不知道該怎麼做？淚水快飆了出來——

「你有什麼事？」

一個熟悉的聲音響起，像一把利刃劈開這恐怖的情境，我手上的力道立刻鬆了，我趕緊縮回手來。而在這同時，我發現聲音的主人竟然是——高守？

剛捉住我的手的男人看到高守時，有點慌了手腳，而且這時候我發現高守長得好高、像是從天而降的天神，全身閃閃發亮，而他那雙厲眼正準備將妖魔鬼怪驅走。

「你是誰？」那男人反問。

「你又是誰？」

「我、我來買果汁的啦！」大概是畏懼於高守的高大，男子掏出硬幣，匆匆往桌上一丟，人就跑走了。

高守看著我，一臉關心：「妳沒事吧？」

高守……高守……竟然是高守救了我？我相當激動，一時不知該說什麼。我想謝他，謝字卻又說不出來，因為我對他的感覺，並不是光謝謝這麼簡單。感覺自己像是高塔裡的公主，而他正揮著劍、斬開惡魔前來救我——

高守，我最親愛的高守——

「伍琳、伍琳？」高守焦灼的聲音在我耳邊響起，而這時候我才發現他的手正抓著我的手臂，擔憂地問道：「妳怎麼了？」

從幻想的情境中醒了過來，我相當不好意思。「沒、沒事。」

「那男的有沒有對妳做什麼？」他一臉擔心。

「沒有。」他這麼近，我好緊張喔！

「真的嗎？」

「真的。」

而我不安的心，這時才安了下來。看到高守，我就像剛被老鷹追逐的小鳥，急急地衝進大樹的懷裡，尋求一份安全，高守——

可能是我緊張的表情嚇到他了，他擔憂地問道：

「伍琳，妳真的沒事嗎？」

「真的沒事。」話雖如此，心還是在噗噗跳。

「喝個果汁吧！」高守將桌上的西瓜汁拿給我，咦？這不是剛才那個男人買的果汁嗎？怎麼忘了帶走？哎呀！不管了，既然他剛敢這麼對我，我喝他一杯果汁又有什麼關係？

「妳一個人啊？」高守問著。

「嗯。」

「妳爸呢？」

第二章

「有事出去了。」

「喔！」

剛剛那個男的也是這樣問，不過別有居心，而高守卻是在關心我，想到這裡，我全身一陣暖流。

我吸著西瓜汁，偷偷地看著他，發現他正搔著頭，似乎有話想說，卻又不好說出來。

半晌，他開口了⋯

「伍琳，妳⋯⋯這樣一個人，不是很危險嗎？」

「那也是今天而已，平常都是跟我爸一起看店的。」

「萬一再遇到今天這種事情怎麼辦？」

「我⋯⋯我下次會報警。」好像很沒說服力。

「妳連開口喊救命都不會，怎麼報警？」高守有些責難地道。

「我、我剛剛太緊張了嘛！」

「那妳怎麼保護自己？要不然……我來保護妳好了！」

咦？咦咦咦？我奇異地看著高守，表情一定很好笑，因為——高守說要保護我耶！是怎麼回事？一天被嚇一次就夠了，我卻連續被嚇了兩次。

高守神色古怪，臉上微紅，他定定地看著我，身子也直立猶如電線桿，他大聲地道：

「妳……要不要當我的女朋友？」

※　※　※

女朋友？

是女朋友？還是女的朋友？還是朋友是女的……我怔怔地看著高守，完全嚇傻了。

他所想的……跟我想的是一回事嗎？他的意思……會不會被我誤解呢？我吃驚地看著他，完全說不出話來。

「我從很久以前就喜歡妳……」他的聲音在我耳邊響起：「那時候，我就一直很想認識妳，跟妳講話，可是——妳好像不喜歡我，是不是？」他誠惶誠恐，相當不安地道。

我差點吐血——大概只能吐西瓜汁吧？

不喜歡他？誰說我不喜歡他？可是女孩子的矜持使我說不出口，而且這個消息來得太震撼，我完全不知道該怎麼辦。

只見高守眼神一暗，悽然地道：

「其實，我也知道我這麼說，妳一定不會答應，只是我喜歡妳很久了，不說出來的話，我會很不舒服，所以才想試試看。妳不想當我的女朋友也沒關係，從明天開始，我不會再來冰果店了。」說完，他轉身離去。

我努力地消化他的意思，像是乘著太空船在光年中飛行，腦筋經過一番洗練，才又重新活化過來。

喜歡我？高守他喜歡我？我忍不住雀躍起來，想要大叫。可是他剛剛又說我不喜歡他？這是什麼時候的事情？我怎麼都不知道？怎麼會有這種事發生？

而且他剛才說什麼？以後不會再來冰果店了？怎麼可以？我還沒跟他表白我的

感情呢？

高守走了？他走了多遠？我趕緊追了上去！發現他就在前面，隻身孤影地走著。

「高守！」我衝了上去，拉住了他。

「什麼事？」他回過頭，臉上有著挫敗，但仍力持禮貌地跟我說話。

「不要走！我——我也喜歡你！」我大喊了出來，害怕如果再延誤的話，就失去這份感情了。

高守看著我，眼睛逐漸睜大，眸中像點燃煙火似的，閃爍起光采，他一臉不敢相信。

「妳說什麼？」

「我——我也喜歡你啦！」我閉上眼，用力說道。

「妳……妳不是討厭我嗎？」

「我從來沒有說過討厭你的話，我最喜歡的就是你了。每天放學後，我最期待的，就是你到我們店裡來，我怎麼可能會討厭你？」不知哪來的勇氣，我大膽地說出內心的話。

高守逐漸出現笑靨，我最喜歡看到的就是他這個笑容了。

「伍琳！」

高守抓住我，激動地將我擁入他的懷中——啊！感覺真好，我和他是如此貼近，像最親密的愛人，即使他抱得我發疼，我不介意，一點都不介意。

沒想到他也喜歡我，一直以來，我都以為我只是單戀，甚至失戀了，沒想到卻是這麼美好，愛情向我而來——

我的年輕、我的色彩，才正要展開。

※　※　※

接下來的日子，我每天都過得很愉快。啦啦啦……每天我都想唱歌，跟老爸顧店，成為最快樂的事。

回想起他跟我表白的那一天，我就忍不住揚起笑容——

那天，他跟我在公園，兩個人都坐在鞦韆上，有一下沒一下的盪著，我偷偷看著

他，發現他也偷偷看著我，然後，我臉紅了。

「伍琳？」他叫我。

「嗯？」

「沒、沒什麼。」他靜寂了下來。

經過剛才的吶喊表白，兩個人又退回到起點，我看著他，他看著我，不同的是，我們都確切了彼此的心意。

「伍琳。」須臾，他又開口了。

「嗯？」我以為我們又要重覆白痴的對話，因為在確切對方的心意後，再看著他，反而有份羞赧。

「妳……不是因為剛才我救了妳，所以才說喜歡我吧？」

我睜大了眼睛，連忙搖頭：「不是，當然不是，我很久以前就……就喜歡你了。」

我低下頭，不敢看他炯炯有神的眼睛。「你幹嘛一直問這個啦！」

「因為……妳之前都不理我。」他有些抱怨地道。

第二章

「我哪有不理你？」我猛地抬起頭來。

「有哇！前幾天我到妳店裡，妳都不在，要不然遠遠地看到我去，妳就離開，我以為……妳討厭我。」

「哎喲！那是因為、因為……」我急了起來，話也打結了。

「什麼？」

他看著我，叫我怎麼說嘛！我避開他晶燦而炙熱的眸子，看著遠方道：

「我覺得很丟臉嘛！」

「我很丟臉？」他有點驚訝。

「不是啦！是上次你來我店裡，我不是不小心弄髒你衣服？然後……你又在我房間換衣服，我又不小心看到……」我越說越小聲，「所以……我才覺得自己很丟臉。」

不知道我這樣說，他有沒有聽懂？

偷偷看著他，他臉上有我熟悉的笑容。「所以，妳不是討厭我？」

「對啦！」厚！怎麼一直問？

「原來如此，我還以為——」他將鞦韆移到我身邊，用著令人臉紅心跳的嗓音道：「這樣，我就可以天天去冰果店了。」

「高守……」他的名字連唸起來都好甜。

他看著我，我也看著他，他的臉是這麼靠近，是我夢寐以求的，因為，我終於可以正大光明看著他，而無所顧忌了。

只見他的臉越來越靠近，越來越靠近……咦？他想做什麼？他要親我嗎？會不會太快了？我不知道要不要給他？今天一整天心都跳得好快，再這樣下去的話，我恐怕無法負荷，會窒息昏倒——

「對了！」我倏地站了起來，「店裡沒人顧，我得趕快回去了。」

高守看著我，臉上有點失望。我也很失望啊！不過我不曉得現在親嘴適不適合，等以後再說吧！

「那……我明天再去找妳？」

「嗯。」我用力點頭，然後走開，走沒幾步，又回過頭，他還在那兒。我心頭一動，對著他大喊：

第二章

「你明天，一定要來喔！」

我看到高守的笑容像浸了糖汁的太陽，升上天之後，整個世界都要糊化了……

「好。」

我開心地回頭往店裡跑，期待著明天和他的相逢——

哎喲！好痛！

誰打我？

我回過神來，發現自己正在教室裡，並不是公園。而這裡沒有鞦韆，沒有高守，只有小梅氣鼓鼓地站在我眼前。

「妳幹嘛？」我大叫了起來。

「叫妳很久了耶！妳都沒反應。」

「有嗎？」她有叫我嗎？

「對啊！妳在這裡做什麼？一個人笑得像白痴，理都不理我。」

「沒有啊！」我心虛地道。

「有！快說，妳到底在想什麼？坦白從寬、抗拒從嚴。」

「好啦好啦！我跟妳說喔……」小梅是我死黨，平常有心事我們都會互相吐露，而這屬於女孩子的夢幻心事，我也只有說給她聽，讓她分享我的快樂。

這是女孩子的祕密喔！

第二章

第三章

我跟高守在一起的事，除了小梅之外，並沒有讓其他人知道，每次他來店裡，總是和我四目相對，然後我們彼此露出一個只有對方才看得到的微笑，一種只屬於我們兩個的甜蜜。

尤其是老爸，更不能讓他知道，我還是學生耶！如果讓他知道我在談戀愛，豈不被他打死？所以戀愛是偷偷進行的。

有時候趁著高守過來幫我端冰給他那群朋友時，我們會偷聊幾句，不過礙於老爸在場，所以也沒有說很多話。

「你們今天有體育課呀？」高守邊幫我拿冰邊問道。

「對啊！你怎麼知道？」我有點驚訝。

「我看到你們在操場上跑步。」

「下禮拜要測短跑，所以老師要我們練習。」

「原來如此。」高守端著冰走了。

我常和學校的學生聊天，老爸是清楚的，所以我和高守多說幾句，並沒被他起疑，他只以為我在跟客人哈啦。

其他人的冰都做好了之後，我開始做高守的紅豆冰，將雪花冰裝好後，我舀起紅豆往他的盤子撒了下去，嗯，再給他一點好了，紅豆富含鐵質，對女生很好，對男生也應該不錯，那麼再倒多一點、再多一點——

「丫頭，妳在幹什麼？」老爸站到我身邊，「咱們雖然是童叟無欺、料多實在，但妳這樣咱們會虧本的。」

我定神一看，哇！整個盤子都是紅豆，幾乎快看不到冰了，又不可能再拿起來，我只得訕訕地道：

「沒關係、沒關係。」我趕緊端著紅豆冰出去，送到高守面前。

嘿！高守，人家說紅豆代表相思，我給你這麼多紅豆，你可要全部吃完喔！我用眼神示意，不知道他看到我的愛意了沒？

高守望著我，他的目光溫和而澄澈，嘴角浮出一絲笑意。他收到了嗎？

「哇！高守，你的紅豆太多了吧？」高守的朋友大呼小叫了起來。

「就是說嘛！我的百香果怎麼只有這一點？」

「不公平，我也要紅豆冰。」

他們你一言、我一語地揶揄著，我有點心虛，又不敢表現出來，搪塞地道：

「這是他幫我拿冰，我謝謝他的。」

「厚，幫妳拿冰就可以吃這麼多，我也要！」

「我也要！」

「我也要！」

我沒有說太多，把冰放下後，就匆匆走了，去招呼其他的客人。不過有空時，我還是會偷偷往他那邊看，他正埋頭苦吃，把紅豆冰吃得一點都不剩，然後抬起頭來，一臉滿足。

只要他喜歡，我的愛，會一天比一天多一點給他⋯⋯

第三章

※　※　※

「丫頭啊！電話！」老爸在房間外頭嚷嚷，我趕緊衝了出去。

「知道了。」

「妳最近電話很多喔！」老爸察覺到了嗎？我冒出冷汗。

「哪有？你想太多了啦！」我含糊帶過，然後三步併作兩步，跑到客廳接電話。

「喂？」

「我是高守。」

「我知道。」電話那頭隱約傳來一個女孩子的聲音：

「哥，我的十塊呢？」

「好啦好啦！」

接下來一陣窸窸窣窣的聲音，顯然高守正在跟他妹算帳。為了掩人耳目，他都叫他妹先撥電話，等確定是我後才轉給他。看來這個月高守貢獻了不少金錢，我有點為他心疼。

過了一會兒，才聽到：

「抱歉，剛在跟我妹講話。」

「沒關係，她在跟你要錢啊？」我確定老爸進房去了，才敢將音量稍稍提高。

「嗯。」

「你這樣……給了她多少錢？」他打過十幾通電話，再加上每天放學後都到店裡來消費，一個月基本開支……我已經不敢想下去了。

「沒多少啦！」

「那這樣你還有錢用嗎？要不然以後你到店裡吃冰時，我都不收你錢好了。」我異想天開地道。

「不行啦！妳爸會知道。」

「他不會啦！」

「妳爸不知道，別人也會知道的。」

「再看看好了，你今天過得怎麼樣？」我想知道他發生的一切事情，他的狀況。

第三章

「沒有什麼，就想妳啊！」

我喜孜孜的，卻沒表露太多，故意道：

「你不是今天才到店裡來嗎？」

「對啊！可是還是想妳，那——」他的聲音低沉起來：「妳有沒有想我？」

我玩弄著電話線，調皮地反問：

「你說呢？」

「有沒有？」他有些急。

「不告訴你。」我呵呵笑了起來。

「妳都沒有想我喔？」

「哪有！」糟了，中計！被他套出來了。我大發嬌嗔：「厚！你故意的。」

「要不然妳都不告訴我，妳想不想我？」高守在另一端笑了起來。

「你……你很討厭欸！」我跺了跺腳，沒想到高守竟然會耍心機，我嘟起嘴，相當不服。

「妳不是喜歡我嗎？」

「是你喜歡我吧？」我不肯認輸。

「難道妳不喜歡我嗎？」

一個人笨不會笨兩次，我才不回答他哩！我哼哼個兩聲，什麼也不說，存心吊他胃口——

「丫頭，妳在跟誰講話？」

糟！是老爸！我一驚，下意識掛斷電話，轉過頭來看到老爸氣呼呼，睜大著眼睛看著我，臉上有著肅殺的氣息，彷彿我是他嘴裡常罵的共匪。

「沒、沒有。」我否認。

「是男生對不對？」老爸上前一步，想要搶過電話，還好我已經把電話掛了，而且我們家又沒有裝來電顯示，所以查不出來是誰打的。

「不、不是，是……是小梅啦！」我連忙扯謊。

「胡說！小梅的聲音俺怎麼認不出來？妳別以為俺不知道，而且剛剛妳明明是跟

第三章

男生講電話，才會講得那麼高興！」老爸氣勢洶洶，甚至挽起了衣袖，他一隻手打在我身後的牆上，發出好大的聲響，「說！那個男的是誰？」

我拚命搖頭，不斷否認。「沒有、沒有！」

已經夠猙獰的老爸，臉色忽然變得鐵青，他破口大罵：

「妳這個好樣的，想俺辛辛苦苦拉拔妳長大，結果妳竟然說謊，氣死我了！」他順手拿起他平常抓背的竹耙子，想要打我。

我害怕極了，再加上謊言已經出口，更不能讓它被戳破，要不然我一定不得好死。於是我緊閉著眼睛，大喊著：

「我沒有說謊，沒有！」

老爸更加生氣了，那把竹耙子被他一折，竟然斷了？

「妳是吃了熊心豹子膽，竟然為了一個渾小子忤逆俺？也不想想俺平常是怎麼教妳的？談一個戀愛竟然學壞？學校是怎麼教的？都沒有廉恥了嗎？」

我隱忍著心中的害怕，眨了眨恐懼的淚水，老爸的樣子好恐怖，不管我說什麼，

他根本不聽，而且——他竟然罵我沒有廉恥？這是多麼大的恥辱？彷彿我是個多麼不堪的女人。

怒氣攻心下，我脫口喊出：

「我不過是講個電話而已，你幹嘛那個樣子？我平常都在店裡，哪裡也沒去玩過。別人在玩，我在工作！現在只是講個電話而已，你為什麼那麼激動？難道我連講電話的權利也沒有嗎？老爸你太可惡了，我……我討厭你！」

倏地！老爸的臉色極為錯愕，而我在話出口後，也後悔了，我……我怎麼會說這種話？

看著他手中折成一半的竹耙子，想到剛才的屈辱，我壓下胸口湧起的罪惡感，飛快地跑離現場，回到房間，背後還傳來老爸呼叫我的名字：

「琳琳！」

※　　※　　※

嗚……嗚嗚嗚……

第三章

我趴在枕頭上，淚水都將它沾溼了，然而我就是無法忍住，只能不斷地哭泣。

我從來沒有看過老爸那麼生氣，嚇死我了。

而剛才他的話，更叫我難過，什麼談個戀愛就學壞了？還說我沒有廉恥，難道——我是個很淫蕩的女生嗎？

一想到這裡，我的淚水又滑了下來，我將整個頭埋在枕頭裡，讓它吸收我的悲傷。

我不過是跟男生講話，想談個戀愛而已，這也不行嗎？為什麼要那樣曲解我？

再說，他如果好好問我，或許我會跟他講高守的事，可是現在——不可能了。

我抬起頭來，用力吸了口氣，並拿起桌上的面紙，擤了擤鼻子。

我只是個女生，跟所有普通的女孩子一樣，想談個戀愛而已，為什麼……為什麼大人要看得那麼嚴重？甚至不惜毀謗我的名譽？

而且那個人——還是老爸耶！

雖然跟他頂嘴我也有錯，但，也不該那麼傷人嘛！

我哭得唏哩嘩啦，滿腔委屈，躺在床上不知過了多久，昏沉沉地睡著了，等我醒來時，天色已亮。

我覺得只閉上眼睛一會兒，怎麼一下就天亮了？

不管了，我爬了起來，整理書包，穿好制服，漱洗完畢之後走下了樓，店門沒開，而我赫然發現老爸竟然坐在店裡發呆。

我知道老爸一向早起，但是……他委靡的狀況，像是一夜沒睡？

這個認知刺痛了我，我看著老爸佝僂的身影，相當不忍。

我移動的聲響驚醒了老爸，他幾乎是跳了起來地往後看我，我看著他，兩個人望了幾秒，都沒有說話。

氣氛相當窒凝，想到昨晚的狀況，我連一刻也待不下去，上前開了店門，到學校去。

呼！空氣好輕鬆，心頭好沉重。

因為學校就在家前面，所以平常我都時間快到才從家裡離開，今天這麼早到學

第三章

校，校園還空盪盪的，很不適應。

我背著書包，找了個角落，發起呆來。

談戀愛，有那麼汙穢嗎？為什麼大人都禁止我們談戀愛？沒有人告訴我們戀愛是什麼、它是怎麼產生的、過程該如何、彼此又該如何對待……很多都是從電影或電視上學來的。當然過於偏激的愛情我無法接受，但是，連最純純的愛情也要抹煞嗎？

我胡思亂想，不知道自己在想什麼。

「伍琳！」

誰叫我？而且這聲音是——一抬頭，竟然是高守。看著他，我呆若木雞，腦袋無法思考，然後——眼淚就撲簌簌流了下來。

「伍琳！妳怎麼了？別哭，乖，別哭……」高守手忙腳亂，一下摸我的頭，一下摸我的手，最後他在他身上東摸西摸的，不知道在摸什麼？後來總算見他摸出面紙來。

我拿了過來，把淚水擦乾。

「怎麼了？妳爸罵妳了嗎？」高守焦急地問道。

我點點頭。

「昨天是怎麼回事？我聽到妳爸的聲音，後來就聽到妳掛我電話，我本來想打回去，又怕更麻煩，所以一大早就到妳家門口等妳，看到妳進學校。」

原來如此，難怪他會出現在這裡。我把面紙從臉上拿下來，止住淚水。

「到底發生了什麼事？」高守拉著我的手。

想到昨天老爸罵我的話，我就有氣，話說得那麼難聽，現在再回想起來，都覺得自己好像很丟臉——我搖了搖頭，不想提。

「沒有，就被罵了而已。」

「那妳哭得這麼傷心？」高守撫撫我額上的頭髮，我突然覺得好窩心。

透過淚眼看著高守，我覺得他是真的關心我的，一大早就跑來找我，他真的很有心，我相當感動，忍不住跟他抱怨：

「我爸平常很少罵我的，平常他雖然愛唸，可是都不會像昨天那樣罵我，所以我才哭的。」

高守看著我，有片刻的沉默，我察覺他的異狀，抬頭看他。

「對不起。」他開口了。

「啊？」我不懂。

「如果我不打電話的話，就沒事了。」

我搖搖頭：「不關你的事。」

「我不是故意的。」他還在自責。

「我說了，不關你的事，今天不管哪個男孩子打來，我還是會被罵。」現在換我安慰他了。

「那妳現在怎麼辦？」

「我也不知道。」說真的，我還真不知道怎麼面對老爸呢！回去看到他，一定更尷尬。

哎……

心頭很悶，我不想像平常一下課就回家，不想回到那個沉悶的冰果店，只有我和

老爸……再說，和高守交往以來，我們還沒正式約過會呢！每次兩個人的時候，旁邊都一大堆人，而今天我為自己的翹班有了極佳的理由。

「高守，」我開口了：「放學後你陪我逛街好不好？」

「啊？」他瞪大眼睛，「可是妳爸怎麼辦？」

「哎喲！不用理他啦！你要不要陪我散散心？我今天心情不大好。」我使出哀兵之計，高守立刻點頭。

「好。」

「那放學後，我們在……校門口那間 7-11 見面，不見不散喔！」

「嗯。」高守臉上浮起一個笑容。

奇怪，剛剛不是還皺著眉頭，怎麼我約他出去後，他又露出笑容？不過……我好像也是，想到要和他單獨約會，心情立刻抒解了許多。

我要好好地散心。

※　※　※

第三章

放學之後，成群的人潮都往校門口走，我有點不習慣。因為平常時候，我都是從後門回家，後門雖然也有不少人離開，不過不像前門，多得像螞蟻似的。

我慢慢離開校門，往斜角的 7-11 望去，高守不知道到了沒有？他會不會來……明明知道答案，我卻還是有點擔心，是不是因為我喜歡他，才這麼在意他呢？

過了紅綠燈，從斑馬線走到 7-11 之後，我左右張望，沒有人……人很多，都是我們學校的學生，可是沒有高守。

他不來了嗎？還是他還在學校裡，沒有出來？

我習慣性地胡思亂想，這時候一個冰涼的東西吻上我的臉，冰得我跳了起來。

「呀！」

高守站在我眼前，拿著一罐可樂。「怕冰呀？」他笑臉盈盈，遞給我飲料。

「廢話，很冰耶！」我接了過來，打開拉環。

「妳一年四季都在冰果店，還怕冰呀？」他遞給我吸管。

「那當然，就算你把一桶冰塊倒進因紐特人的衣服裡，他們還是會覺得冷呀！」我

發現旁邊有學生大概聽到我們無聊的對話，笑了起來。

真丟臉，我趕緊喝著可樂，裝沒一回事。

高守喝著另一罐可樂，邊道：「妳想去哪走走？」

唔……這樣問我，我還真不知道，平常一下課就在店裡幫忙，現在要偷跑出去玩，還真沒著落呢！

我苦思著，眉頭都皺起來了。

「那陪我去書店吧！我想買本書，買完書之後，我們再去吃東西好不好？」高守提出他的安排，我點點頭。

「好呀！」

我喝著可樂跟在他身邊，感到有人在撞我的手臂，咦？高守沒事拚命撞我幹嘛？有話直說不就好了？正想發問時，呃……他……牽住我的手……

我的臉好熱，還好他一直看前面，要不然他一定會發現我的臉很紅。

他的手有點粗糙，大概是常練球的關係吧？而且好大，跟我的不一樣，被他握住的感覺很溫暖。

這時候我覺得要去哪裡都無關緊要了，只要有他，去哪裡都好。

我喝著冰涼的可樂，希望能降低我體內的燥熱，臉上的熱度怎麼還沒消退？奇怪。

學校附近就有好多書店，高守和我進了店裡之後，怕引人注目，他才鬆開我的手，不過他道：

「我要去找的書妳可能沒興趣，妳要不要先去看別的書？」

「好啊！」

「給我。」他將我手中喝空的罐子放到自己的書包裡，我對他又多了幾分讚許。他不但體貼，而且還很注重環境衛生。

我就知道我看上的是好男人。

高守向理工的書籍走去，那塊區域我是從來沒去碰過的，我則向擺著羅曼史小說的櫃子走去，聽同學說有本小說還不錯看，是個叫梅洛琳的作者寫的，是有關偶像的故事。我找了一會兒，找到了，開始看起來。

唔……嗯……看不下去。

不是說書難看，而是——我看不下去。今天天氣很好，已經放學了，太陽還是很大，一定很多人去店裡光顧，老爸……他一個人忙得過來嗎？

自從老媽死後，老爸一個人含辛茹苦把我扶養長大，就算他話說得再難聽，也還是我老爸。

想到老爸一把年紀了，還一個人在店裡忙來忙去，我心生不忍，就算他罵我，在客人面前也應該不會不給面子吧？

思及至此，我放下小說，決定了！

我走到高守面前，他正拿著本對我來說艱澀難懂的書籍，我連看都不想看，就對他道：

「高守，對……對不起，我想回去了。」

「啊！為什麼？」他一臉莫名其妙。

「我爸一個人在店裡，一定忙不過來，所以才……對不起啦！」我低下頭，抬起眼看他，對他好生抱歉。

高守沉默了半晌，他……生氣了嗎？

他有權利生氣的，是我找他出來，卻又放他鴿子，他會生氣也是理所當然的。可是讓老爸一個人顧店，我又於心不忍，哎……我這個人真是……不瞻前又不顧後。

我睜著無辜的大眼看著他，希望能得到他的允許。半晌，他道：

「那……要不要我陪妳回去？」

「不用了，我怕我爸看到男孩子跟我回家，他又生氣了。高守，對不起喔！我不是故意的。下次你到店裡來，我不跟你收錢喔！」

高守噗哧一笑：「妳以為我會跟妳計較這個嗎？要回去的話，就快點吧！」

「你不生氣喔？」我擔心地問。

「有什麼好生氣的，我又不可能跟妳爸搶妳。妳擔心他的話，就快點回去吧！明天……我到妳教室找妳。」

這樣也好，見面的地點改在學校的話，老爸就不知道是誰了。

「嗯，」我點點頭，「那我走了，再見。」

「再見。」

看著高守，我很高興他是如此的體貼，又容許我的任性。有機會的話，我一定要讓老爸知道高守是多好的一個人，這樣他就不會以為談戀愛的人都會學壞了。

帶著高守的窩心，我欣喜地離開了書店。想回家，不論要穿過學校或是繞過學校，都得先經過眼前的紅綠燈，而前面號誌燈的綠色小人還在奔跑，還有十秒，應該來得及吧？我邁開步伐，跑了過去。

十、九、八……快到了……七、六、五……人行道就在眼前了……三、二、一——

一聲巨大的聲響後，我飛了起來。

是的，我飛了起來。我為什麼會飛？我怎麼會飛？我完全不知道，只知道自己正飛向一大片藍天，嗯？我正飛向天空……那，地面呢？

第三章

下意識地往下一瞧，好熱鬧啊！有好多人，好多車，都在馬路上按喇叭，為什麼？

身子越來越輕，越飄越高，意識也越來越模糊，在閉眼之前，我看到了熱鬧的中心點，有一個穿制服的女孩，她正躺在路上動也不動，在她周圍，圍著不少人，而圓圈的外圍，有一輛摩托車也跌在行道樹旁邊……這些景象，越來越遠……

第四章

好輕……好輕……

我是躺在什麼上面？為什麼這麼輕？這麼柔？身子，也像沒有重量，沒有負擔……

一片寧靜。

好祥和啊！跟剛才的吵嘈不一樣，這樣的世界，令人好安心、好放鬆，也很適合沉睡，我閉上眼睛，落入睡眠……

再醒來時，眼前仍是一片雪白。

白色，到處都是輕柔、安祥的白色，如流雲般慢慢飄移的白色，像是處於大團的綿絮，而我也是白色的一分子。我有些迷惑，伸出手去碰觸，卻什麼也碰不到。

「妳醒了？」

第四章

咦？這聲音，是在跟我說話嗎？我張開本來要閉上的眼睛，向聲音來源處望去，是一個穿著猶如賽車選手的男生，和我差不多的年紀吧？外型挺酷炫，有明星的風采，跟這裡的氣氛不搭軋。

「你是誰？」我問道。

「我是蒙渚。」

「盟主？」我一臉疑惑。

「不是妳想的那個盟主，我姓蒙，發明毛筆的那個蒙恬的蒙，渚是三點水加上之乎者也的那個者的渚。」蒙渚解釋得很詳細，想不清楚都難。

「我了解了。」我也自我介紹：「我是伍琳。」

蒙渚突然浮出一個古怪的笑容：「伍琳？」

「對啊！」見他笑得怪，我也疑惑地問道：

「有問題嗎？」

「妳叫伍琳，我叫蒙渚，看來我們兩個可以稱霸江湖了。」

被他一取笑，我完全醒過來，不客氣地道：

「誰要跟你稱霸江湖啊？江湖有我跟高守就夠了。」耶！「姜胡」還真有我跟高守就夠了。

「高守？」

「我男朋友啦！」我趕緊把高守搬出來，免得他又吃我豆腐。

「妳有男朋友喔？」他上上下下打量我，我不服道：

「怎樣？不行喔？」

「可以、可以。」可是他嘴角要笑不笑的邪容，讓人看了就想扁他。

這時候，我才看清身在何處。

白色、白色、白色，白到沒有一點雜色，唯一的雜色就是我跟蒙渚兩個人，我們站在這裡相當突兀，彷彿是個外來者，侵入了這塊神聖的領域。

「這是什麼地方？」我發問。

「不知道。」

第四章

「你怎麼會在這裡？」

「不知道。」

「我……我為什麼會在這裡？」這句話我是自己問自己，不過蒙渚替我回答「不知道」時，我可生氣了。

「我又沒問你。」

「OK！OK！」蒙渚退了下去，蹲了下來。

這裡到底是什麼地方？我為什麼會在這裡？在醒來之前，我在做什麼？廢話，當然是睡覺！不是啦！那……在睡覺之前，我在做什麼？要不然怎麼一覺醒來，就在這片白得古怪的世界裡？

我左思右想，慢慢浮現最後的記憶，有人——而且是很多人聚在一起，而那些人的中心——

「想到沒？」蒙渚突然插嘴。

「厚！你吵什麼？我快想起來了，你打斷我做什麼？」可惡！害我一下又忘了。

「妳慢慢想。」他一副無所謂。

這下叫我怎麼想？所有思緒被他嚇跑，我要追還得費一番功夫，索性休息一下，等會兒再想。因為不知道為什麼，我覺得好累……

「喂！伍琳，別又睡著了。」蒙渚喚醒了我，把我嚇了一跳。

「幹嘛？」

「妳睡很久了。」

「有嗎？你怎麼知道？」

「我一直在妳身邊。」

「你一直在我身邊？」怪了，他怎麼會在我身邊？我勉強打起精神。「你在我身邊做什麼？」

「不知道。」

「喂！欠扁喔！」

蒙渚苦笑著：「我只知道我醒來以後，就看到在睡覺的妳，我就等妳醒來，等了

第四章

很久了。」

「我睡多久了？」

「不知道。」

我抬起錶，想看時間，呃……停住了。不過錶停在五點三十八分。

奇怪的地方，奇怪的環境，奇怪的人，我不想待在這裡，決定回家去。家……家在哪裡呢？我轉身，依舊是白茫茫的一片。

我不由得害怕起來。

「這裡是哪裡？」

「不知道。」蒙渚依舊回答令人害怕的答案。

由於這裡沒有別人，環境又單調得令人害怕，我只得不斷講話來驅逐那份懼意……

「既然你什麼都不知道，你乾脆不要在這裡。」

「我也想離開，」他的臉顯現出困惑，「但是，沒有路離開。妳可以自己選一個方向，一直向前走，但是到最後，妳還是會回到這裡來。」他不像是在說謊。

「不、不要嚇人。」我雞皮疙瘩都起來了。情況已經夠詭異了，不用他來加重。

「我是說真的。」

我沉默了。蒙渚和我沒利益關係，他沒有必要和我開玩笑，只是……現在的我們，全都困在這奇異的環境，出不去了……

※　※　※

時間不知道過了多久，好像很快，又好像很慢，因為我又恍神了……等我注意力集中，是來自蒙渚的叫聲，他不斷在我耳邊叫道：

「喂！伍琳，不要睡了，姑娘，醒來，喲呼！有人在家嗎——」

我不醒來都不行，等我醒來時，對自己神魂突然抽離也感到莫名其妙，我有這麼愛睡嗎？一不注意，我又睡著了。這也就算了，旁邊一隻青蛙呱呱叫個不停。

「你幹嘛？」誰都知道，被吵醒的人脾氣是最不好的。

「不要再睡了嘛！」

「為什麼？你無聊呀？」

第四章

「不要剩我一個人。」他臉上閃過一絲落寞。

咦？看他這麼潮的外表，加上流裡流氣的說話態度，沒想到他還有軟弱的一面。

「為什麼？你怕孤單嗎？」都這麼大的人了。

蒙渚不語，但我話說完後，他轉過身去，背對著我，難道我說錯話了嗎？為了安慰他，我趕緊道：

「哎喲！怕孤單又不會怎麼樣？像我家裡只有我跟我爸兩個人，有時候他出去，還不就剩我一個人，怕寂寞，這只不過是小事——」

「妳不懂！」蒙渚突然一聲暴吼，讓我愣了一下。

奇怪，我剛剛說了什麼？為什麼他反應這麼大？我眨著眼睛瞪著他，他的呼吸有點急促，看起來情緒相當激動。

「好、好，我不說、不說了。」怕他生氣，我就閉嘴了。不過說到老爸，我在哪裡？老爸會不會找不到我？老爸……老爸……

像是坐在遊樂場的咖啡杯，眼前有點模糊，意識也開始搖晃，整個人也開始不由自主地晃動，這是怎麼回事？我停不了這情形，耳邊只傳來蒙渚驚慌的大喊：

「不要走！」

※　※　※

咦？這裡是……

視線清楚了，焦點也集中了，我的身體也穩定了，我看到這裡都是白色，不同的是，這裡的場景是我熟悉的，這裡不就是醫院嗎？走道上還有醫護人員跑來跑去，一團混亂，我怎麼會在這裡？

驀然，我看到坐在椅子上的老爸，高興地撲了上去。

「老爸！」

我上前想要抱他，咦？奇怪！怎麼抱不到？不相信，我再碰一次，抓不到老爸，我摸不到他，這……這是怎麼回事？

一股冰涼從我腳底升起，我整個人發虛，眼前一片暈眩，這、這是怎麼回事？

「老爸！老爸！你聽得到我嗎？老爸！」我驚駭地大吼。

老爸不知道在哭什麼?哭得好難看，我從來沒見過他哭成這樣，嚇了我一大跳!他是軍人退伍的，向來秉持著男兒有淚不輕彈，現在卻哭了起來……

而在這時候，我發現老爸身邊站著一個穿著我們學校制服的男生，不就是高守嗎?他跟老爸在一起?我沒想那麼多，跑到高守面前大叫:

「高守，我是伍琳呀!高守!」

不、不對，高守沒有看我，他的眼神透過我，神情痛楚地望向我背後……我的背後，有什麼嗎?我轉過頭去，看到醫護人員正圍繞在一張病床邊，正往手術室送去，而那張床上躺著的，竟然是——

我?

我全身顫慄，不敢相信眼前所見，我……我在這裡呀!怎麼又會在那張病床上?而且詭異的是，不論我怎麼叫高守，怎麼叫老爸，都沒有人回應，這——

「老爸，高守，你們聽得到我嗎?老爸!高守!老爸!」我不死心地大喊。

「別喊了，他們聽不到妳的。」蒙渚的聲音響起，我一回頭，他就站在我眼前。

「你胡說什麼？他們怎麼可能聽不到我？」我斥責。

「很簡單，因為妳已經死了。」

轟！

猶如五雷轟頂，我呆若木雞地站在原地，半晌才恢復過來，並且指著他的鼻子大罵：

「你胡說！我明明在這裡，你怎麼說我已經死了？」這臭男生，竟然敢詛咒我？

「不然妳再叫他們看看。」蒙渚冷冷道。

我不死心，回過頭來，不斷在老爸跟高守之間跑來跑去，並且叫著他們：

「老爸，是我，我是琳琳，你聽到了沒？高守，我是伍琳，你為什麼都不理我……」他們毫無反應，我益發焦急，「老爸，你跟我說話呀！高守，你也看看我啊！老爸、高守、老爸——」

「別再叫了！」蒙渚喊了起來。

「可是他們……」

第四章

「妳已經死了，懂嗎？妳已經死了！」蒙渚在我耳邊大吼著。

※　※　※

我死了？我死了？我死了？

好半天，我才吸收完這個消息，可是人仍處在震驚中，我死了？可是我還有意識，難道這是我的靈魂？我呆在原地，完全無法思考，等到我回神時，又回到了那片白茫茫的世界，而蒙渚在我身邊。

他看著我，我看著他，都沒有說話，好一會兒，我才開口道：

「我死了？我怎麼死的？」

蒙渚躲避我的眼神，低下頭去。

「你告訴我、告訴我呀！」我激動地上前抓住他。我抓不到老爸，摸不到高守，卻可以捉住這個萍水相逢的蒙渚，我將他捉得牢牢的。

蒙渚沒有回答，任憑我如何大吼大叫，他都不回答。

半晌，我累了，放開他，喘息起來。

我不是死了嗎？為什麼還會疲憊？為什麼還會痛苦？人死了……就真的什麼都沒有了嗎？我眨眨眼，有種又涼又溼的感覺，死了，還會哭嗎？

我怎麼會……就這樣死了？我還沒跟老爸說再見，也沒跟高守說想他，我怎麼就——死了？

又涼又滑的液體不斷從我眼睛流出，我伸手擦拭。

「喂！妳別哭嘛！伍琳，喂，別哭，妳別哭……」蒙渚手忙腳亂地安慰我，我不知道怎麼讓淚水止住，靈魂也會哭泣嗎？嗚……

好久好久以後，我才止住了淚水，抬起頭來。

我死了，老爸和高守都看不到我，那……蒙渚呢？

「你也死了嗎？」我傻乎乎地問。

「對。」

聽到他也死了以後，我反而安心起來，因為我不是孤孤單單一個人——或是一個鬼——不管是人是鬼，至少我並不孤單。

第四章

哭過以後，心情平靜了許多，雖然還不能接受這個事實，但至少能面對。

「你是怎麼死的？」我好像在問你從哪裡來，口語平常得令我感到詭異。

「車禍。」蒙渚簡單地道。

那我呢？蒙渚還知道他是車禍死的，可是我卻不知道我是怎麼死的？我無病無痛，好端端的，怎麼會死？我對死亡完全沒有記憶。

大概是看我發呆太久，蒙渚問道：「妳還好吧？」

「好不好……都無所謂了。」那句話，是問活人的。

蒙渚沉默了下來，陪伴著我。

※　※　※

大部分的時間，我都在接受死亡這個消息，由於它來得太急促，又不知在何種狀況下去世，所以我一直覺得我在做夢，做一個長長的夢，究竟這白色世界是夢？還是我活著的時候是夢？已經分不清楚了——

「伍琳。」蒙渚叫我。

「嗯。」

「妳……說說話呀！」蒙渚坐在我旁邊。

「說什麼？」我看著前方，沒有目標的前方。

「妳應該不是文靜的女孩。」

我望向他，這絕不是讚美，便譏諷地道：「沒有我說話，你怕孤單嗎？」

雖然蒙渚已經死了，但我仍能看到他的臉色變青又變白，報復的快感還沒散開，我就覺得這樣實在沒什麼意思，我們都死了，又何必學活著的人彼此傷害呢？到最後，只有懊悔。

老爸……

「對不起。」我開口道，蒙渚不語，我又繼續道：

「我不是故意的，我只是……心情很亂，不知道該怎麼辦？人家不是說死了就會上天堂或是下地獄？可是我們呢？一直在這個世界裡，也不知道要去哪裡。」我相當茫然。

第四章

蒙渚說的對，我果然不是文靜的女孩。

蒙渚似乎也一無所知，我們兩個現在是站在同一艘船上，更不應該彼此鬥爭。想到這裡，我試圖釋出善意，問道：

「你似乎……很怕孤單？」這是我一直很好奇的事。

「沒有！」他否認，但我看得出來他在逞強。

「我們都死了，不是嗎？還怕失去什麼？」面子嗎？

蒙渚臉部線條放軟，似乎被我說動了。終於，他開口道：

「我不喜歡一個人，不想一個人待在空盪盪的家裡，不想一個人待在外面的街道……我是指活著的時候。我的家——我甚至不知道該不該稱呼那個叫家？因為……家裡除了我，他們……從來沒有在一起出現……」

「他們？」

「我那對形同陌路的父母。」蒙渚冷冷地道。

我恍然大悟，父母的冷淡直接影響到孩子，難怪蒙渚那麼怕寂寞，因為他想要父

母的愛。

「對不起，我好像問到不該問的事了。」我勾起了他的傷心事。

「無所謂，反正都死了。」蒙渚悽然一笑。

「是啊！都死了。」我無奈地道。

「他們不想看到對方，所以時常不在，每次放學回家都只有我一個人，漸漸地，我變得不喜歡在家裡，常常騎著車子到外面閒逛，不過到了外面——」他頓了下來。

「怎麼了？」

「到了外面……」他吞吞吐吐地道：「街上那麼多人，卻沒有一個人我認識，沒有一個人可以和我講話，那種感覺——更加難受。」

我同情地看著他，雖然我只有父親，但他給我的愛從不匱乏；我還有高守，他體貼細膩的舉動總令我感到窩心。

「你沒有朋友嗎？」對了，我還有聽我傾吐心事的小梅。

蒙渚的臉色更加難看：「朋友，那是什麼？」

第四章

我不相信蒙渚不懂什麼是朋友，而他的表情顯得憤恨、厭憎，難道——

「你……發生過什麼事嗎？」我謹慎地問道，如果他發飆起來的話，我隨時可以落跑。

蒙渚緊鎖眉頭，他一定常這麼做，因為眉尖都有個凹痕了。而他咬牙切齒，我很怕他的牙齒會咬斷……呃，對一個已死的人擔這種心，好像太多慮了。

他沒有回答，我也沒再逼問。每個人都有不願讓別人觸及的傷心處。

為了轉移他的注意，我問：

「對了，剛剛我們為什麼會在醫院裡？」莫名其妙，就像瞬間移動。

「我也不清楚。」他的精神好了點。

「我看到老爸，也看到高守了……我想再見他們一面……」還有好多話來不及說。

我突然死掉，老爸一定很傷心，那高守呢？我是他女朋友，雖然才交往幾個禮拜，但在這之前，我早對他有感情，他是否也如此呢？

我已經死了，那他會不會去交別的女朋友？

想到這裡，我的心好痛……高守，你不可以忘了我，我想見你，高守……難道上天聽見我的心聲，我的眼前，出現了高守的身影……

「伍琳！」蒙渚倏地大吼，把我喚回了神。啊！好可惜，高守不見了，不過見蒙渚臉色發白，我忙問他：

「什麼事？」

「妳又要去哪裡？」這次他緊緊抓住我的手臂。

「沒有啊！」我莫名其妙，「怎麼了？」

「剛剛……妳的身子就跟上次一樣，開始模糊起來，然後妳就不見了，我想找妳時，也跟妳一起出現在醫院。」

我都不知道有這回事，上次跟這次，我都想念最想見的人——

「會不會……如果我們想見誰？就可以到那個人的身邊？」我發現這件事。

「是嗎？」蒙渚不以為然。

「你看，照你所說的，上次我因為想我爸，所以跑到醫院，那我剛剛想到高守，

第四章

我又看到了他，而在這種時候，你卻說我快要不見——所以我猜測，會不會只要我們想著我們要去的地方，或想見的人，就會成真？」我認真地問道。

「我不知道。」他撇過頭去。

「難道你沒有想見的人嗎？」

我似乎又說錯話了，因為蒙渚的臉色變得很難看。我趕緊道：

「這樣吧！我先試試看，如果真是這樣子的話，我再回來告訴你。」我開始思考這個可能性。

「妳要離開我？」蒙渚慌忙捉住了我，我突然想到他所說的那個住在沒有爸媽屋子裡的小男孩。

「沒有，我只是先離開一下，馬上就回來。」我安慰著他。

「妳並不一定會回來。」他有些發飆。

「如果我真的不見，代表我的理論是對的，你也可以用這個方法來找我啊！」

「真的……可以嗎？」蒙渚的臉色稍霽。

「反正……試試看囉！」

「嗯。」

於是我閉上眼睛，想著高守，想著他的人，他的容貌，他的身影……

高守，你知道我愛你嗎？死後的我，是這麼思念你，你會不會忘了我？我突然感到恐懼，如果他忘了我，我、我該怎麼辦？

不敢再想下去，又抵不過強烈的思念，高守，我好想你，我真的……可以見到你嗎？

剛才失神之際，我彷彿見到高守，現在努力使用念力，希望能見到高守，我反而擔憂起來，我能夠再見到他嗎？

老天，別讓我失望，求求你……

我不敢睜開眼睛，怕見不到人，又不想放棄，矛盾的心情糾結著，而四周都沒有聲音，也沒有動靜，難道……失敗了？我失望極了，高守，我不能見到你了嗎？

我慢慢打開了眼睛——

第四章

第五章

一間乾淨整齊的房間，牆上還貼著籃球明星和玉女歌手的海報，窗外天色相當暗，而在窗前桌子邊坐的，是高守！

我欣喜地衝上前，想要抱住高守，高守！我最喜歡的高守，我真的見到你了……

一個踉蹌，我整個人往前一傾，我連忙站直才沒有跌倒，而我赫然發現，自己竟然——上半身卡在書桌——不，應該說我穿透了高守，穿透了桌子，我像一團煙霧，可以輕易穿過任何東西。

可是——我不要啊！我想抱抱高守、摸摸高守，對他說好聽的話，我是多麼想他……可是沒有辦法……因為我已經死了……

一股悲哀在我心中蔓延，我的心像被網子縮緊，不斷地縮緊、縮緊，好痛……

我死了？我真的已經死了？死亡並沒有什麼可怕，可怕的是和所愛的人分離。

第五章

這種看得到卻摸不到，明明見著他，他卻看不到我的悲哀，匯聚成一股大浪向我撲來——

高守！

「琳琳……」

高守？高守在叫我？他看到我了嗎？像是從谷底攀爬到天堂般的狂歡，我對著他大喊：

「高守，我在這裡。」

「琳琳……」高守的聲音是那麼輕、那麼弱，和我的不同。

可是儘管我大喊，高守卻仍無反應，難道——他沒聽到我的聲音？

我走到他側邊，身子卡在桌子讓我很不習慣，用平常的方式站在他的身邊，好像自己還活著。

「高守，我在這裡，我聽到你叫我了。」我對著他說道，高守頭抬也不抬。

「琳琳……」聲音顫顫的，他舉起手，將手放在桌上發呆，這時我才發現他的手上

有一張照片，而他正注視著。

我看著照片，照片上是一群男孩子在我家冰果室拍的合照。咦？他們什麼時候在我家拍的？而且高守為什麼對著一群男孩子的照片叫我的名字？我細細一看，才發現照片的右側，有一個女孩，我什麼時候被拍到而不知道？

「琳琳，妳知道……我喜歡妳好久了嗎？」咦？高守說話了：「每次到冰果店，我最期待的，就是妳在店裡，每天放學後，我都去妳家捧場，妳知道為什麼嗎？我已經——喜歡妳很久了。」

我大吃一驚，高守在說什麼？難道……他喜歡我，比我想的時間更久？

「要不是那天我們打贏了隔壁班，隊長說要照相留念，不小心照到了妳，我連妳一張照片都沒有……」

啊！對了，幾個月前，高守和一群男孩子到店裡，我隱約聽到他們在恭賀比賽勝利，難道，這張照片是那時候拍的？

高守突然流下淚來，我嚇了一跳，不是說男兒有淚不輕彈嗎？他卻……

「琳琳……」高守的聲音痛苦得像被擠壓過，我的心也酸了起來。

第五章

「高守，我在這，我在這裡呀！」我對著他大喊，可是他卻聽不到。

我淚流滿面，像發了瘋似的，一直舉手在他面前揮舞，可是他沒看到，整個人趴在書桌上，手裡緊緊握著那張唯一有我的照片。

高守，喔！高守，我該怎麼對你說，讓你知道我在你身邊？我沒有走開，我沒有離去，我一直都在你身邊……高守……

※　※　※

「別再哭了。」蒙渚的聲音響起。

我抬起頭，淚眼迷濛的望著他。「蒙渚……」

「不要哭了！」蒙渚大聲道。

「我……我沒有辦法嘛！」我抽抽噎噎的，字句破碎地道：「我沒想到……高守他……他那麼愛我，我一直……以為……是我先……喜歡……他的，可是……他愛我……比我……想的更久……嗚……」

「那只是暫時的，等時間過了、日子久了，他就會忘了妳的！」蒙渚憤恨地道，我

不明白他為什麼那麼生氣?

「不會，高守他不會!」我反駁著。

「妳是死人了，不是嗎?他的身邊一定還有很多女生，而且都是活的，等他忘了妳之後，他就會去找她們了!」

「不會!你不要亂說!」我也生起氣來，剛才還沒哭完的淚水還淌在臉上，我對著他大叫。

「一定會的!妳看著吧!」蒙渚一轉身，人竟然像團煙霧般，消失了……

我還在傷心，蒙渚突然出現，說那些讓人生氣的話，我再也不理他了。

可是任憑我們吵得激烈，高守他……一點反應都沒有，依舊趴在桌上，手裡緊握著照片，我心一慟，淚水又不禁滑落下來……

高守，你不知道我在這裡嗎?你會不會像蒙渚說的，把我忘了呢?請你不要忘了我，不要——

※　※　※

第五章

我像個遊魂似的——本來也就是個遊魂，一直跟在高守身邊，我發現——他沒有了笑容。怎麼會這樣？這是我喜歡的那個男生嗎？那毫無煩惱，讓人看了很舒服的笑容，跑去哪了？

我試圖找回他一點笑意，都沒有，是因為我的關係嗎？我不禁相當自責。

除了默默陪在他身邊，我不知道我還能做什麼。

隔天一早，我跟著高守去上學，有好多學生從我旁邊經過，有的甚至從我後面穿過我的身體，把我嚇了一大跳，這些人能不能注意一點呀！

陪高守到了他們班上，由於沒人看得到我，所以我就大剌剌地坐在高守的桌上，從近處看著他，就算他們上課，我也不構成妨礙。

在之前，我一直夢想能跟他朝夕相處，沒想到卻是在這種情況下……

「高守，你還好吧？」下課時，有個男的來跟高守講話。我認得他，他是常跟高守打球的某個男生，我不知道他的名字，不過高守他們都叫他饅頭，因為他人圓臉也圓，名副其實的饅頭。

「還好。」

「你看起來還是不太好。對了，那個女生怎麼樣了？」

「還是一樣。」

「還沒醒來嗎？好可惜喔！醫生有沒有說她何時會醒來？」

「醫生也沒把握。」

「冰果室沒有她，好單調喔！如果她醒來的話，我們又可以再去吃冰了。」

咦……他們在說我嗎？我錯愕地盯著他們，高守沒有講話，饅頭也沒有再說什麼，但是……他們剛剛在說什麼？能不能再說清楚一點？我不是死了嗎？為什麼他們說希望我能醒過來？

我靈光乍現，難道……我還沒死？

這個發現讓我十分震撼，前不久我才接受自己死亡的消息，現在又發現我有可能還沒死，不禁相當錯愕。

會不會就是因為我還沒死，所以才看不到什麼牛頭馬面，或是天使魔鬼的？不是說人死後會出現這些勾魂使者嗎？

第五章

如果我還沒死的話，那我現在是什麼狀態？

我相當混亂，誰可以給我解答？

各種念頭在我腦海中不斷跳躍，就像滾燙的沸水上面不斷有泡泡湧出，而我的頭就像瓦斯爐上的水壺，沒有辦法安靜下來，這個發現讓我十分激動，想要知道答案。

對了！去看看「我」在哪裡不就得了？

「我」到底是死是活，眼見為憑最準。於是我閉上眼睛，努力想著，我要到「我」身邊去，我要到「我」身邊去，我要到……

※　※　※

可以了嗎？到了沒有？

我眼睛還是緊閉著，不知道到了「我」的所在地沒有？萬一我的軀體已被火化，媽媽咪呀！那……我會看到什麼？

心頭一陣恐懼，可又想知道答案，於是我輕輕地、輕輕地張開了眼睛——

這裡是……醫院？

四周一片白色，是牆壁，比先前的茫茫白色踏實多了。隔了一段生死的距離，醫院讓我有親切感多了。

我環視四周，這裡是……加護病房？有好多病人躺在床上，靠著機器維生，或者插管餵食，而我——也是其中一員。

感覺……滿詭異的，我忍不住起了雞皮疙瘩，當然不是真的有雞皮疙瘩，而是有那種感覺，我不太敢看自己變成什麼樣子？不過仍止不住好奇，偷偷看了一下——

嗯……「我」躺在床上，身上不知插了什麼東西，東一條西一條的，而「我」雙眼緊閉，看起來像在睡覺一樣。

有兩個護理師小姐走到「我」身邊，正準備幫「我」餵食。

「伍琳？這名字怎麼這麼有趣？」其中一個護理師看到我的名字便打趣，我忍不住瞪了她一眼。

「她男朋友的名字更好玩。」另外一個護理師說道。

「她有男朋友了啊？」

第五章

「對啊！雖然我沒有跟那個男孩子講過話，不過他每天都來，不是她男朋友會是誰？」

「她男朋友叫什麼名字？」

「高守。」

「高手？怎麼這麼有趣？一個伍琳，一個高手，他們會不會常過招啊？」

「是守望相助的守啦！高守滿常來的，我值班的時候，都看到他下課就過來看她，一直到探訪時間結束才離開。他的制服上就繡著他的名字，所以我才對他的名字印象深刻。」

「常來啊？這麼痴情。」

我又被另外一項發現震懾住，高守他……他常來看我嗎？我在醫院多久了，他每天都來嗎？

心中一陣酸楚湧起，化為暖流滑過心田。

高守……

※　※　※

下午的時候，高守真的出現了。

他在門口放下書包，用消毒液噴過雙手，再穿上防塵衣進來，走到「我」身邊。

我好想朝他大喊：「高守，看我，我就在你身邊，看我……」

高守看著床上的「我」，他眉尖聚攏，神情憔悴，我突然覺得，這都是我的錯，我不該讓他那麼痛苦的……

「你又來了啊？」這聲音是——

老爸！

可能我剛剛太過專注看著高守，所以沒注意到他的到來，我不是嚇了一跳，而是嚇了兩跳！因為……老爸看起來——好老喔！

「伯父。」高守很有禮貌地喊著。

老爸、高守！我在這裡呀！

「你坐。」老爸指著旁邊給病患家屬休息的椅子。

第五章

「不用了，伯父，您坐。」

老爸也不客氣，他徑直坐了下來，看著床上的「我」好久，才轉過身對高守道：

「年輕人，你說……你是俺女兒的同學？」敢情他們之前已經見過面？

「是、是的。」我發現高守臉上有著局促。

「俺女兒的同學……」老爸喃喃唸道，不知在唸什麼，半晌才道：「你就是那個常打電話給琳琳的男生吧？」

老爸！

雖然明知老爸看不到也聽不到我，他這時候這樣子講，不要說是高守，連我都覺得尷尬。

「伯父……」

「這孩子眼光不錯，挑中了你。」

咦？老爸這話什麼意思？我看著他們，只見高守臉上泛起紅暈，他……在害羞？

老爸又繼續說了：

「其實俺也不是不給她交男朋友，只是希望她年紀大一點再說。她被撞的前一天，俺說了幾句重話，她就不理俺，到現在也不理俺……」老爸紅了眼眶，眼中有著淚水，那淚水像滾燙的沸水，灼在我的胸口上……老爸……

「伯父，您別這麼說，琳琳一定會醒來的。」高守安慰著他。

「俺知道對不起她，這丫頭的娘早死，小時候就沒了娘，平常也在顧店，都沒出去玩，她這個年紀是最愛出去玩的，卻被俺關在家裡，俺也覺得很對不起她，沒想到……沒想到……」老爸的鄉音到後面越來越嚴重，聽都聽不清楚，可是讓我聽不清楚的原因是——我也哭了，而且唏哩嘩啦的哭聲只有我才聽得到，我哭得更大聲了……

老爸，不要這樣說……

「伯父，您別這樣，我想琳琳不會介意的。」高守幫我安慰著老爸。

「她不介意俺介意，再怎麼說，她也是俺的女兒，俺也希望她開開心心、快快樂樂的……」老爸涕泗縱橫，完全沒有平時那股想當年的勃發的軍人英姿。

「伯父，琳琳知道的。」是我眼中有淚水，所以我才以為高守眼底也有淚水嗎？

第五章

「如果那一天，俺不要跟她吵，也不要拿棍子就好了，這丫頭也不會……不會不理俺了……」

不是！不是這樣的！老爸！

我好傷心，哭得不能自已，我沒想要讓老爸這麼難過，我也沒有想不理他，在這個世界上，我最喜歡的就是老爸了！怎麼可能會不理他？

老爸，你對我有這麼深的誤會，我說的話你又聽不到，「我」又躺在床上無法說話，我要怎麼樣，你才能知道我沒對你生氣？我也不會不理你，老爸，你知道嗎……

※　※　※

我不斷哭，繼續哭，哭得我氣虛無力、頭昏眼花，有點昏昏欲睡，精神全被打亂了。不知道我是在哭？還是在睡？因為就算在夢中，我也一定還在哭，何況我現在是離魂狀態。

過了好久好久，我才平復過來。

我拭去淚水，這時候才發現，我什麼時候又回到了這個茫茫的白色世界？而蒙渚就在那兒，這個世界只有他……我迫不及待地上前：

「蒙渚，我跟你說——」

「不要過來！」他大吼。

咦？我抬起淚眼，他幹嘛那麼生氣？他還在惱我們先前起的紛爭嗎？他沒看到我臉上的淚水，不知道我正需要人家安慰嗎？

「蒙渚，你幹什麼？」

「回去妳的高守、回去妳的老爸身邊！這裡妳不用回來了！」蒙渚聲嘶力竭地喊著，眼裡有著怒火，我不知道他在氣什麼。

「蒙渚，你到底怎麼了？」

「這裡不是妳的世界，走！」

「蒙渚？」

「滾開！」

「滾……滾就滾嘛！你以為我稀罕待在這裡嗎？」雖然只有他看得到我、聽得到我，但這一刻，我寧願從他身邊離開，我轉身就跑，希望可以跑回老爸還有高守的身邊。

我回過頭，似乎看到蒙渚臉上有著懊悔，我……看錯了嗎？

不管了！我要回到人世，回到我最愛的人身邊——

※　※　※

我不斷跑著、不斷跑著，一直到——咦？這條街好熟？這裡是……學校後面嘛！學校後面，也就是我們家前面了……家，好久沒有回去了。

我慢慢走著，到了家門口。

咦？店門關了。

對了，老爸跟高守現在都在醫院，當然沒有人知道我回家了，來替我開門。可是我要怎麼進去呢？是不是要像電視上演的一縷幽魂，直接穿過門扉呢？

我只有上次不小心跑到高守書桌，還有人家不小心穿過我身子的經驗，現在突然要我做起幽魂該做的事，不免有些忐忑。

鐵門關著，沒有實體的我，要怎麼進去？

深吸一口氣，我豁出去了。

向前走了一步，我伸出左手，慢慢地……慢慢地……左手就像進到水面似的，有點冰冰涼涼的，感覺……還好。

我跨出步伐，將身子慢慢穿過鐵門，除了一股涼氣穿身貫臉，其他的都還可以接受。

終於，我進來了。

店門關著，裡頭也沒開燈，不過太陽尚未下山，我仍可以清清楚楚看到店裡的桌椅凌亂——咦？怎麼會這樣？依老爸的個性，不論是做生意前或關店後，一定會把桌椅全部收拾整齊。怎麼在我進醫院後，全變了樣？

原來我並沒有死，只是變成植物人而已。

我習慣性地往櫃檯上一站，然後發呆，不自禁地，頭往後看，從這個角度看過去的位置，正好是高守在提出要跟我交往之前，他常坐的位置。

而在我身邊走來走去裝冰收錢的，是老爸。

第五章

這裡有我的回憶，和所愛的人。我終於知道為什麼電視電影中的人死後，靈魂痴痴不肯離去，因為世間有他們的摯愛、他們的親人，真的要拋下一切而去，幾乎是可以成佛的決心。

我只是個平凡人，我做不到。

我還是眷戀著店裡，眷戀著老爸，眷戀著高守，眷戀著小梅，眷戀著學校，眷戀著一切一切——在情感根深蒂固以後，要人拋下一切，那實在太難了。

我靜靜地待在店裡，彷彿自己還活著。

※　※　※

我沒有回去那個白色世界，一直在店裡待著，也在這時候，我才發現，高守代替我來店裡幫忙。

「歡迎光臨！」高守嘹亮的聲音喊道。

「咦？高守，你怎麼在這裡？」饅頭進到店裡，相當詫異地問道。

高守沒有說什麼，只問：

「你要吃什麼?」

「鳳梨冰。」饅頭往裡頭走去，從他看高守的眼神，我知道他是了解高守的，因為他沒有追問。

在高守身邊的老爸，很快弄好了一盤冰，高守則拿了冰向饅頭走去，收了錢後又回來，放到抽屜裡。

「伯父，你剛剛說綜合冰是放什麼?」我們家的綜合冰是取紅豆、花生、桑椹、蜜豆，再淋上巧克力醬而成，酸酸甜甜，很好吃，是我們店裡的招牌。我剛剛看老爸跟他講了兩遍，他怎麼還記不起來?

「就是四色冰再加上一匙蜜豆。」

「那四色冰呢?」

「就是三色冰再加上花生。」

「……」

我捂著臉，不敢看高守臉上的表情，這種教法，難怪高守記不起來，根本是老師有問題。

不過高守問這麼多，真的想要代替我幫老爸的忙嗎？高守，謝謝你……

感動在我心底，不斷地發酵、充盈，而對他的情意，也有增無減。我不知道……

現在也無法表達我的心意，我只有默默地、默默地，在他身邊守護……

我一直以為高守是我一個人的，從來沒有想過會有別的女生來跟我搶，結果那個女的在幹嘛？她……她竟然公然在店裡要高守的電話？

「可以嗎？」那個女生用柔柔的聲音問道，還微偏著頭，學楊丞琳的口吻問話，裝什麼可愛呀！

走開！走開！

我叉著腰，衝過去站在她跟高守中間，希望能把她趕走，結果當然是徒勞無功，她理都不理我。

我生氣地看著她，望著她制服上的名字——鄒青瑜，是隔壁班的。

高守面色為難，難道他在考慮是否要接受她？

可惡的鄒青瑜，竟然趁著老爸今天出去，店裡又沒什麼客人的時候，大膽地跟高守要電話，太過分了！

我看著高守，希望他拒絕。

「我很喜歡你，」鄒青瑜的聲音又響起了：「這幾天看到你，我就一直想跟你講話，我也知道你喜歡的是伍琳，這間店老闆的女兒，可是都已經過了幾個禮拜，她也變成植物人，不會醒過來了，你可以……跟我做朋友嗎？」

「琳琳她會醒來的。」

咦？高守在替我講話耶！我好高興。

「植物人不會醒來的。」

「她會的。」

「高守！」鄒青瑜跺了一下腳，紅了眼，「你什麼時候聽過植物人會醒過來的？就算有，也是微乎其微的機會好不好？你幹嘛一直守著她？難道就不能看我一眼？」

高守沒有講話，他低頭擦桌子。

「高守！」鄒青瑜大概以為店裡沒有其他人，又被高守拒絕，脾氣就發作起來，

「伍琳到底有什麼好？」

高守仍沒有講話，逕自整理著店面。

「難道我比不上她？」鄒青瑜的聲音刺得我耳膜好痛。

高守停下動作，抬起頭來：「她也許比不上妳……」咦？高守，你在說什麼話？我比不上這個咄咄逼人、在我地盤囂張的青花魚？我一氣之下，用力踹了旁邊的椅子一腳。

「但我喜歡的是她——」

砰！

我嚇了一跳，椅子怎麼被我踢倒了？就連高守和鄒青瑜兩人也都嚇了一跳，他們互看了有十秒鐘，更讓人生氣。

終於，高守走向我——腳邊的椅子，將它撿了起來，翻過來又翻過去檢查，最後才將它放好。

「不管琳琳要多久才能醒來，我都會一直等她。」

第六章

「你……」鄒青瑜紅著眼，手捂住臉，哭著跑走了。

哈哈！怎麼樣？想趁我昏迷時搶走高守嗎？我告訴妳，門都沒有！

我望著鄒青瑜離去的方向，得意極了。

要是我活著的話，大概會礙於教養，不敢跟她大聲吵罵，不過反正「我」還沒醒來，所以我在這裡把鄒青瑜罵到臭頭都沒關係。既然叫鄒青瑜，我看我以後都叫她青花魚好了。

我回過頭來，看到高守，笑容又僵住了。

「我」是個植物人，還躺在床上，高守又這麼愛我，我卻跟一個看不到我的情敵對戰，實在沒什麼意思。

哎……

「琳琳。」

咦？高守怎麼對著空氣叫我？他看到我了嗎？不可能……他看的地方是店內，而不是站在門口的我。末了，他嘆了口氣，把店裡的垃圾都收好，拿到店門口等垃

圾車來。

高守，辛苦你了。

望著剛才那張被我踢倒的椅子，我陷入沉思。

※　※　※

如果說那張椅子是被我踢倒的，那是不是代表其實我可以碰到實體世界的東西？而不是像團煙霧般的穿來穿去？

夜深了，我站在門外，對著月亮發呆。

一隻狗經過我家門口，看到我，朝著我猛吠，吵死了！我想學下午踢倒椅子一樣，踢顆石頭給牠——

哎喲！不中，而且我差點跌倒。

那隻狗叫得更勤了，那樣子，分明在笑我，厚！連狗都來欺負我！去！走開！

「臭野狗！叫什麼叫？見鬼啦？」隔壁的老張推開窗戶，丟了啤酒空罐出來，喔！

第六章

真準！打在狗的頭上，那隻狗哎哎叫著跑走了。

老張，謝了！

老張沒理我，逕自將窗戶關起來，不用想，他肯定又在裡頭喝酒，喝到早上才掛，他平常都是這樣的。

不管老張，我還是應該想想，到底怎麼樣才能碰到實物，讓高守知道我的存在，我不想他太難過。

高守……

奇怪？我怎麼跑到高守的房間了？喔！對了，一定是我太想高守，不知不覺又跑到他這邊來了。看來這靈魂也還滿好用的嘛！可以想去哪就去哪，不用舟車勞頓，真好。

高守桌上的時鐘已經快十一點了，他還在打電腦。

明天還要上學耶！高守在做什麼？我走到他旁邊一看，他正在上網，正在跟人聊天。在網路世界，他的化名就是高手。

饅頭：你今天又去店裡幫忙了呀？

高手：對啊！

饅頭：你要去店裡多久？

高手：不知道。

饅頭：高手，你這樣我們真的很擔心你耶！伍琳什麼時候會醒來不知道？你這樣子，有意義嗎？

高手：不知道，我只是想幫助伍爸，伍爸他這樣子很可憐。

饅頭：那你呢？

高手：……

饅頭：你都不談戀愛了嗎？

高守沒有繼續打字，他看著電腦螢幕發呆。經由這幾天跟在他身邊，我知道饅頭是他的好朋友，平常看他們在學校都沒講話，原來都透過網路聊天。

饅頭：我沒有在學校問你這個，是不想見到你不開心，但如果伍琳一直這樣，你也要等她到老嗎?

我看著饅頭的話,有些錯愕。

他的話,打擊了我。

如果「我」一直沒醒來,高守也要陪「我」到老嗎?我不知道,這不是我樂意見到的。

我喜歡高守,更希望他過得開開心心。

我靜靜地站在他身後,看著他跟饅頭對話。

高手:也許吧……

饅頭:……

高手:現在叫我放棄,真的太難,我喜歡琳琳,一直都喜歡,也許等我哪天累了,我才會放棄,但是……不是現在。

饅頭:……

饅頭:保重。

也許等我哪天累了，才會放棄……

這些字戳著我的眼，好痛，我怎麼又哭了？我不是哭高守要放棄我，而是……心疼他。

高守，你要等我嗎？

我不知道「我」什麼時候會醒來？你要等「我」到那時候嗎？陪著一個躺在床上的植物人有什麼意思？你何苦這樣？

我突然覺得，青花魚或許是個不錯的女孩，她畢竟不是什麼壞人——

停！我在想什麼呀？我要把高守讓給她嗎？

不行！不可以！可是……叫高守把生命浪費在「我」身上，我心如刀割。

怎麼會這樣？我好矛盾。

※　※　※

腦袋好像被掏空，饅頭和高守的話強烈地震撼著我，我相當無措，等我回過神來，我竟然又回到最初的白色世界，而且蒙渚也在。

第六章

蒙渚的臉色相當難看，回想起先前分開的狀況，我有些尷尬。

「妳怎麼回來了？」蒙渚冷冷地道。他的態度激怒了我，我也不甘示弱：

「我也不想回來。」

「既然如此，妳就不應該回來。」

「我原本是在高守的房間，我怎麼知道又會跑到這裡來？」天堂不像天堂，地獄不像地獄，更奇怪的是，自始自終只有我和蒙渚兩個人。

「妳如果對這個地方有意見，就給我離開！」蒙渚大喊，我也相當不服，頂了回去：

「欸！你很奇怪耶！為什麼一直趕我走？我說過了，我也不知道為什麼會被這個地方拉回來！」好像有股莫名的力量，在我精神浮動、渙散時，就會把我拉回來，「更奇怪的是，你究竟在氣什麼？我哪裡惹到你了嗎？」

蒙渚臉上一陣青、一陣白，顯然我踩到他痛處。

他閉嘴，不講話，我可耐不住性子，一直逼問：

「你說話呀！你說啊！」我有點報復心態的逼問，我受夠了他莫名其妙地發脾氣。

蒙渚神色狼狽，和先前的氣勢完全不同。

「說啊！你不是很會說話嗎？說呀！你說啊！」我繼續逼他。

「妳以為妳有家人，有高守，就很了不起了嗎？」蒙渚突然對我大吼，幾乎是聲嘶力竭的：「妳不要忘了，妳等於已經死了，一直纏著他們做什麼？做個鬼不乖乖地做，還以為自己是活人嗎？」他怒氣沖沖，紅了眼睛，我雖然生氣，卻覺得他還有話沒說出來。

「難道你不想嗎？」我反譏。

蒙渚臉色大變，他轉身跑走，我在他後面大喊，他的身影卻越跑越小，越跑越遠，越跑越模糊。

我問錯什麼了嗎？為什麼他反應這麼激烈？跑得這麼迅速，彷彿我是個洪水猛獸似的。

哎呀！不管他了，我連自己的事都還沒有處理好，也沒心思去管他了。

第六章

※　※　※

一連幾天，我都在思考一件事，那就是：處於幽魂狀態的我，還能干涉陽世間的事嗎？

如果說人一死百了，什麼意識都沒有，死得乾乾淨淨、煙消雲散，那也就算了。可是今天我還有意識，還有想法，還有——感情，看到高守這樣，我自然心痛。

老爸還有個隔壁賣麵的寡婦阿水嬸時常來關照，已經開始振作了，可是高守他……真的要繼續等我嗎？我不知道他會等多久？可是他這個樣子，總讓我心頭糾結。

怎麼樣才能讓他重新打起精神來？

望著躺在床上，連棉被都沒蓋就睡覺的高守，我很擔心他會感冒，可是又沒辦法，我到現在，除了那次不小心踢到椅子外，其他的東西都抓不住。

究竟要怎麼辦啊！誰能給我一個答案？

望著桌上的電腦，他沒關機就睡覺，這不是個好習慣。我百無聊賴地在他桌上亂看，身子相當靠近電腦——突然間，我感到身體一陣發麻！這奇怪的感覺並未退

去，反而一直持續。

我退了一步，發麻的感覺立刻消失；我再上前一步，發麻的感覺又回來了。

我突然想到，不知道誰對我說過，電腦、電視這類東西，發出輻射的頻率和另外一個空間相似，所以很容易有靈異事件發生。另外一個空間……不就是指現在的我嗎？

上次高守和饅頭聊天，我站在他後面，沒有像這次這麼靠近電腦，那這次……我試著伸出手，手麻得更厲害了，但並非令人難以忍受，我在可以接受的範圍內，敲了一下鍵盤——

喀嗒！

有聲音？我嚇了一跳。

咦？我……我碰到了耶！我碰到鍵盤了耶！不可置信，我再試一次，真的，我像還活著的時候，手指頭可以實實在在、毫無困難地操控著電腦！傑克，這真是太神奇了！

突然間我閃過一個念頭，於是我利用網路，找了一間沒什麼人氣的聊天室，用我

第六章

的名字登入進去，然後打下他的名字。我之前也常在家裡玩聊天室，沒想到現在可以作為人鬼溝通的橋梁。

伍琳：高守！高守！

自然是沒人回我，高守在睡覺嘛！不過我仍不死心，在對話視窗打著他的名字，我無盡的思念似乎得到了宣洩，不斷打他的名字……

背後突然傳來一陣聲響，我回過頭，高守站在我身後。夜已深，高守房間的燈都關了，唯一的光線來源，便是電腦螢幕的紅綠青紫顏色在他臉上變化，他看起來——比我更像鬼。

講什麼鬼不鬼的，好可怕！連我這個不知算不算鬼的都感到害怕，難怪人家說其實鬼比人還膽小，不就是在說我嗎？

我看著高守，不知道他有沒有被我嚇到？這不是我的本意，我只是希望能和他接觸。

「琳琳，是妳嗎？」高守吐出顫抖的聲音，他還是被我嚇到了。

伍琳：對。

我在螢幕上打下了字。

高守沉默不語，臉色也不是很好看，就在我懷疑他會不會昏過去時，他又開口了：

「妳真的是琳琳？」

伍琳：對，我是伍琳。我也只能耐著性子，利用電腦跟他對話，只希望他不要突然昏過去就好。換作是我的話，可能先尖叫比較快吧？

一陣靜寂之後，高守又問：

「妳怎麼在這裡？」還好，他夠沉穩。

伍琳：我好想你。

我真的好想好想他，我們甚至連接吻都還沒有，我就遇到這種事。這時候，我真想問問：老天，你在哪裡？

「我也很想妳。」高守的聲音幽微，我一直在想他會不會怕我，他卻站在原地，還這麼說。高守，你真是太——我感動得無以復加，又想哭了。

第六章

伍琳：謝謝你。

「謝我什麼？」高守有些錯愕。

伍琳：謝謝你幫我照顧店裡，照顧我老爸，真的很謝謝你。我迅速打下這一段話，這是我一直想跟他說的。

「琳琳，妳……死了嗎？」高守問道，我愣住了。

伍琳：我……我也不知道。

高守會這麼問，當然是其來有自，我還沒真正死亡嘛！

「如果還沒死，為什麼……不醒過來？」他聲音有著怨懟，我一點也不怪他。

伍琳：不知道，我連我現在是什麼狀況都不清楚。

「什麼意思？」

伍琳：我可以……想見你的時候就見你，我一直在你身邊，你卻不知道。這點令我悲傷。可是我卻不知道怎麼辦？沒有所謂的天使或地獄使者來接我，我不知何去何從？我現在在一個奇怪的世界裡，我是離開那個世界來找你的。

「既然還沒死，為什麼不能醒過來？我好想妳，想到心都痛了，妳卻說妳在我身邊，而我卻不知道？」高守有些激動，衝上前抓住電腦。

喂！高守，我在打鍵盤，沒有附身在電腦裡面呀！此刻他站的位置正好和我的身子重疊，這種感覺十分奇怪，就像是……就像是……體內又住著一個火熱的人，我有些難受。

我略略移開，才讓自己好一點。

伍琳：我不是故意的。

「妳什麼時候會醒來？」高守沉重地問。

伍琳：我不知道……我是真的不知道。

「琳琳……」他的聲音有著痛苦，我更加難受，他一直期盼我醒來，而我卻什麼都不知道。

世上最遙遠的距離，不是生與死的距離，而是我站在你眼前，你卻不知道我愛你。

第六章

我腦袋突然浮起這句曾在網路上看過的話。高守看起來十分難過，我也不好受。我好想抱抱他、摟摟他，可是我的手臂穿過他的身體，什麼也抓不住，我到底能做到什麼程度？有多少力量？我一直不明白。當遊魂，我還在摸索著。

※　※　※

不論如何，高守終於知道我的存在，這是件值得開心的事，只不過目前的狀況，卻無法令人真正高興。

我是不是太奢求了？高守沒有被我昨夜的出現嚇暈已經很好了，我還奢望能夠馬上醒來，在他面前出現嗎？

我站在電腦教室後面，看著高守他們班上課。這堂是他們的電腦課，老師教的是如何撰寫程式，這是我最頭痛的一環，所以每次上課時，我都在偷偷上網跟別人聊天，老師要是站在我現在這個位置的話，就知道底下的學生有多混了。

突然間，我看到高守也在上網，看起來似乎正在找人聊天。我疑惑，這時候他想要幹嘛？我上前一看，他正進入昨天我進去的那個聊天室，一直找我。

高守：琳琳，妳在不在？琳琳，妳在不在？

難道他誤會成我在電腦裡了？我吃了一驚，這可不是《神通情人夢》那部老電影的情節，我得跟他解釋清楚。只是現在大家都在上課，我要用哪臺電腦？

啊哈！看到了，離後門的那臺電腦從我進來到現在，一直都處於開機狀態，大概是上個班級的使用者離開之後，沒有關機吧？我樂得去感受那股令人發麻的感覺，利用聊天室和高守溝通。

我找到了聊天室，利用自己的名字登入進去，出現聊天的視窗。

伍琳：我在。

高守：琳琳，妳真的在？

寂靜約十來秒後，終於有回應了。

伍琳：我當然在了，你是什麼意思？

高守：那我昨天……不是做夢了？

伍琳：不是啊！我昨天真的在跟你聊天。

高守：那我剛才一直叫妳，妳怎麼沒有回應？

第六章

伍琳：我又不是在電腦網路裡，我是利用上網跟你講話，就跟你一樣。

高守：妳的意思是，妳就在我身邊？

伍琳：對啊！我不是跟你說過了。

高守：不好意思，我有點搞不清楚狀況，畢竟……很少有人像我一樣，能跟靈魂溝通，我有點……震撼。

伍琳：你沒有被嚇到嗎？

高守：……有。

伍琳：可是我看你很鎮定。

高守：哪有？快被嚇死了，只是我怕如果沒有跟妳講話，妳就再也不會出現了。

所以他是硬著頭皮跟我講話？我忍不住泛起一絲微笑。

伍琳：那現在呢？

高守：已經習慣了。

伍琳：你適應力很強嘛！

高守：還好啦！那妳現在在哪裡？

伍琳：就在離後門最近的這張桌上，電腦編號A8這一臺啦！

高守轉過頭來，又轉回去。

高守：我看不到妳。

伍琳：對啊！我是靈魂嘛！

高守：你真的是琳琳？不是別的網友來假裝的？

伍琳：你想像力很豐富耶！我告訴你，你昨天睡覺沒蓋棉被，早上出門又忘了換布鞋，被你媽叫住才換回來的。

高守：妳真的在我身邊？

伍琳：你還懷疑啊！

高守：沒懷疑了，我相信妳是伍琳。

伍琳：嗯。我發給他一個笑咪咪的表情。

高守：我好想妳。

伍琳：我也是。要不然我怎麼會來到他身邊？

高守：琳琳，我……

伍琳：什麼事？

兩分鐘過去後，高守沒有回應，現在在上課，他無法像昨天那樣跟我講話，我只得繼續等候，這時候，下課鈴聲響起。

高守：我回家再跟妳聊。

伍琳：好。

※　　※　　※

高守一回到家，就迫不及待衝到房間，打開電腦，連上網路，然後找到我們聊天的那個聊天室，我一看就知道他想找我，於是站在電腦前，讓發麻的感覺通過我全身，然後抬起手打字。

我利用我名字登入，進到聊天視窗，回過頭時，發現高守正目瞪口呆地看著我——應該是電腦才對。

伍琳：你怎麼了？

「沒、沒有。」他力持鎮定。

伍琳：還是不習慣嗎？我有些好笑地看著他。

「以後就習慣了。」他坐到電腦前，看著我打的字。

伍琳：你今天又去冰果店了？

「嗯。」

下課之後，他在冰果店忙到晚上七點，直到隔壁的阿水嬸來幫忙後才回家。

伍琳：謝謝你。

「這沒什麼。」

伍琳：我爸他好像……很喜歡你？我看你們的互動滿好的。

「大概我常去吧！」

伍琳：不論如何，謝謝你幫我照顧他。

「阿水嬸比較照顧他吧？」高守邊說邊笑，我也忍不住微哂。在出事之前，阿水嬸

第六章

就常到冰果店來坐。

伍琳：我媽過世後，我也覺得我爸一個人很可憐，現在我又這樣子，多一個人陪他是好的。

「妳不反對他們在一起嗎？」

伍琳：為什麼要反對？這是好事呀！

「妳爸一定很開心。」

伍琳：你有空幫我勸勸他，我爸那個人很ㄍㄧㄥ的。

「對了，妳要讓妳爸知道妳的存在嗎？」高守表情凝重起來，我略略思索，嘆了口氣。

伍琳：暫時不要，我爸是不語怪力亂神的，萬一他嚇出心臟病可不好玩。他畢竟年紀大了。

「我知道了。」

伍琳：對了，你今天在學校本來要跟我說什麼事？後來卻下課了。

我突然想起這件事。

高守沉默片刻，半晌，終於說道：

「對不起。」

伍琳：為什麼？

我奇怪地看著他。

「那一天……如果我陪妳回家的話，也許妳就不會被撞到了，對不起。」高守皺著眉頭，這一番話，又把我拉回出車禍的那天。不過，我什麼都不記得。

伍琳：那不關你的事。

「如果我在妳身邊，拉妳一把的話，或許——」

伍琳：不要這樣說，萬一我們都出事的話，會有兩個家庭傷心，而且……我也不希望你過來這個世界，我一個人就夠了。他看起來很自責，我不希望如此。

看著高守，其實這樣也不錯，我們距離很近。

高守吐出一口氣，說道：

第六章

「妳真是個好女孩。」

好？他說我好？我感到相當不好意思。雖然他看不到我，不過我還是會害羞的，一直到他的聲音響起，我才大夢初醒。

「琳琳、琳琳，妳還在嗎？」

我慌忙打字。

伍琳：在，我還在啦！

「妳怎麼了？」

伍琳：沒事。

「對了，妳知道撞妳的那個凶手嗎？」

伍琳：我怎麼知道？我被撞以後就失去意識了。

「那個人……他跟妳在同一家醫院裡耶！」

伍琳：什麼？我大吃一驚。你的意思是，他也還沒死嗎？

「嗯，他和妳一樣，都變成植物人，不過他的家境比較好，所以被移到特別病房……」

「哥，你在跟誰說話？」一個聲音闖入，把我和高守都嚇了一跳。我看來人跟高守長得很像，原來是他妹妹。

「妳怎麼不敲門就進來？」高守有些惱怒。

「奇怪，我進你房間為什麼要敲門？媽叫你去吃飯啦！」

「好，我知道了。」

第六章

第七章

由於高守說撞我的人還沒死，而且跟我同樣變成植物人，又在同一間醫院裡，這不禁令我好奇起來。他是誰？長什麼樣子？人家說死要瞑目，而我不知道是誰撞我的？會不會這就是我上不了天堂或下不了地獄的原因？

我胡亂猜測，也得不到答案，等到高守有空，才帶我去醫院看他。一路上，高守都沒有講話，這也難怪，我和他是利用電腦溝通的，平時自然無法講話，也無法牽手了，哎……

抵達醫院，高守先到加護病房看「我」，我感到很窩心，這表示他真的關心我。

還沒抵達加護病房前，就聽到一個熟悉而粗暴，並充滿鄉音的聲音：

「你走開，俺不需要你的錢，你把俺的女兒還來。」

高守快步跑了過去，我也跟了過去，在加護病房前，我見到老爸正和一個中年男子吵架，旁邊有幾個護理人員正在旁邊勸著：

「阿伯，不要這樣。」

「這裡還有其他病人！」

「阿伯，你鎮靜點！」

我看到那個中年男子，覺得他有些面熟，卻一時想不起來他是誰。

「這是我們的一點心意，請您收下。」中年男子沉痛地道，手裡不知拿了什麼東西塞給老爸，老爸連看都沒看，就往地上丟。

「不要以為你們有幾個臭錢，俺就會把你兒子做過的事忘了，你只要把俺的女兒還來，其他的，俺一個銅板也不要！」老爸臉紅脖子粗地喊著。

高守衝了上去。「伍爸，怎麼了？」

「高守，你來得正好。」老爸看到高守可開心了，他抓著他，指著中年男人道：「這傢伙以為給幾個臭錢，俺就會把琳琳被撞這檔事算了，他要是想解決這件事，那就先叫琳琳醒來。」

這時候我恍然大悟，原來這個中年男子就是撞了我的人的父親，來替他小孩收拾爛攤子的。

可憐天下父母心。

中年男子相當為難，高守也相當尷尬，旁邊的護理人員也不斷勸著，半哄半騙地讓老爸安靜下來。

中年男子拾起地上的紙張，垂頭喪氣地走掉了。

我跟了上去，低頭一看，那張紙……好像是支票，上面寫著……三百萬元！哇塞！我們要賣多少冰才能有三百萬？看來撞到我的這戶人家很有錢喔！老爸不拿太可惜了。

我跟著這個人走，發現他上了這醫院的頂樓，進到一間病房，我好奇地跟了進去。

進到病房裡，我赫然發現，有錢人的待遇真是大不同。

「我」所躺的那間加護病房，裡頭就有十來張床位，床位和床位之間僅靠簾幔區隔，而這裡只有一張病床，裡頭的環境舒適得像在家裡，就連給家屬休息的躺椅也不

第七章

像其他樓層那種硬梆梆的，而是柔軟的沙發床。喔喔！有錢人真好！

中年男人進到這間病房後，就坐在椅子上哭了起來。

我不忍地別過頭，我最受不了當父母的為子女流下眼淚，轉向床上，那裡躺著一個人，旁邊還有一些儀器讓他賴以維生，這就是那個撞到我的人了吧？到底長什麼樣子呢？我好奇地上前一看——

咦？他……他是！

我大吃一驚，竟然是蒙渚！

我想起和蒙渚相遇的情景，白茫茫沒有邊際的世界，只有我和他。他是那麼不羈、帥氣，和眼前這個垂死的人完全不搭軋。我原本以為和他相識只是偶然，萬萬沒想到他竟然就是撞我的凶手？

一時間，我思緒大亂，也不知道要生氣，因為我實在是震驚過了頭。

那麼，我和他在白色空間相遇，是不是因為我和他之間……有某種特殊的緣分？

※　　※　　※

咦？我怎麼回到了白色世界？

這一點也不奇怪，念力所及，我剛剛整個腦袋都是蒙渚的事，現在我既然回到這裡，那麼表示蒙渚也在這裡了。

「蒙渚，你在哪裡？蒙渚，你給我出來！」我大叫。

沒有人回答，難道他不在這裡？他在哪裡？我想找他，身子又一直在這裡沒有移動，那麼，他肯定在這裡了。

「蒙渚，我知道你在這裡，不要躲了，出來！」

還是沒有回應，他要躲我到底嗎？他應該知道只要我想找他，利用念力尋找，一定可以找得到的，還躲什麼？

我還想大叫時，蒙渚像浮水印，從一片白色之中透了出來，他的身影由模糊到清晰，站在我眼前。

「妳要做什麼？」他的臉色極為難看。

「你為什麼躲我？」

第七章

「我沒有。」

「那我剛剛叫了你那麼久，你都沒有回應，是因為你知道我知道你就是那個撞我的凶手嗎？」我不客氣地道。

蒙渚默然不語，神色暗鬱。

「你說話呀！」我催促著。

「妳要我說什麼？對不起嗎？」他的口氣也不是很好。

「為什麼我們見面那麼久，你都不肯講事實？」我有些怨懟。

蒙渚撇過頭去，看了令人生氣。

「蒙渚！」我大叫。

「說？要說什麼？」蒙渚脾氣忽然暴烈了起來，「對，是我，是我撞死妳的！怎麼樣？妳想怎麼樣？一命償一命嗎？我也躺在醫院裡，同樣是植物人，我們扯平了！」

「喂！你這個人怎麼這樣說話？不是說我們的身體都躺在醫院裡就算了，而是你這個態度實在讓人不敢恭維！」撞了人還那麼理直氣壯。

「我還輪不到妳來批評。」

「我才懶得理你，但是你這個人對生命未免太不負責任了！」輕率得讓人生氣。

「妳又對生命了解多少？」他的語氣和眼神都是嘲諷。

「至少我不會像你那麼輕忽，就算現在死了，靈魂也該振作，而不是像你抱持這樣的想法。」

蒙渚怒目瞪視著我，咬牙切齒地吐出：

「那是妳的生命值得期待，如果一個對生命充滿失望的人，就算已經死了，靈魂也是一樣不好受！」他最後一句話幾乎是用吼的。

「你到底想說什麼？」為什麼我總覺得他有話沒講？

蒙渚看了我半晌，許久之後，終於：

「妳有妳愛的人，還有愛妳的人，高守、父親……他們都在妳的身邊，就算妳死了，他們仍然關心妳，不像我，在醫院這麼久了，她……還有她都沒有來看過我！」

他像受傷的野獸暴吼著。而我知道，我正一步一步闖進他的心中，接觸他最晦暗

第七章

的一帶。

「他們是誰？」

蒙渚又沉默了。

「蒙渚？」我催促。

「一個是我母親，一個是我女朋友。」他終於公布答案，同時沉重地道：「我母親跟我父親感情本來就不好，從我有印象以來，他們就各過各的生活。後來我母親交了男朋友，就直接不要這個家了。」

換我沉默了。

「其實沒有他們，我也過得很好，」蒙渚繼續說道，眼神有著傷痛，「反正我一個人，也習慣了。」不，他根本不習慣，要不然，之前他不會那麼怕寂寞。我有些同情地看著他，聽他繼續說：

「而小妍……她是我第一個喜歡上的女孩子，在我心情難過的時候，都是她陪我走過的，可是……可是……」他的眼神一黯，充滿憤世嫉俗，「她卻跟我的好朋友在一起，我的女朋友和我的好朋友——他們同時背叛了我！」

我說不出話來，真的說不出話來，蒙渚的故事如同一個巨大的石臼，壓在我的胸口上。

「哈……哈哈……」蒙渚笑了出來，可是聽起來卻比哭還要淒涼。

蒙渚不斷地笑，笑到眼淚都飆了出來他還在笑，我不知道要怎麼安慰他。

「出車禍的那一天，正是我看到他們在一起的那一天，我親眼看到我的好朋友，正摟著我的女朋友……」他調勻氣息，落寞地道：

「沒有了，反正我……什麼都沒有了。」他蹲了下來，手捂著臉，我看不到他臉上的表情。

但是我知道，同時失去家庭、友情和愛情的人，生命也等於被撕裂。

※　※　※

不知道過了多久，我等著蒙渚平復情緒，他原本抽搐的肩膀漸漸平穩下來，掩住臉的手也頹然放下，只是他的身子還是蹲在原地，沒有動彈。

我明明知道他就是撞到我的肇事者，卻怎麼也生不起氣來。

第七章

也許是知道的時候，時間已過得太久；也許我們倆都是植物人，軀體都還躺在醫院，再計較又有何意義？也許……介於生與死的空間，只有他和我為伴……總之，我無法對他生氣，尤其在看到他的孤單之後。

我站在他的面前，慢慢蹲了下來。

「蒙渚……」我輕喚，沒有回應。

沒關係，我再接再厲，繼續努力：

「你沒有失去一切，你的身邊一定還有什麼……你的父親，我就看到他去醫院看你。你變成植物人後，他哭得好傷心。」

蒙渚神色複雜，又像是甜蜜，又像是痛苦，到最後他用力站了起來，不肯看我的臉。

「看我？我變成植物人後才來看我，又有什麼用？在家的時候，他從來不多看我一眼！」

「蒙渚，你別這樣……」

「還有我媽，從我變成植物人到現在，她也沒來看過我！」

我心頭陡地一亮：「你在等你媽？」

蒙渚一臉尷尬，急忙否認：

「那個女人，誰、誰要等她？」

「你如果沒在等她，怎麼知道她沒來？」

蒙渚臉上一陣紅一陣白，最後惱羞成怒：

「妳管這麼多幹什麼？妳不是有妳的老爸，妳的高守，妳就回到他們身邊去呀！快去呀！」他像揮趕蒼蠅似的要趕我走，可是這招已經對我沒效了。

我也明白了，為什麼我先前去找高守的時候，他有那麼大的反應，想必是我們讓他想到他的女朋友了吧？

「我已經變成植物人了，你忘了嗎？再怎麼樣，我還是得回到這裡來，你要趕我到哪去？」我賴皮地道，蒙渚聽我這麼一說，沒有講話。

是的，在搞不清究竟是生還是死，只能在這個白茫茫的世界後，我和蒙渚，是唯

第七章

一的夥伴。

※　※　※

來到了高守的身邊，我是在他的房間，時間似乎已經很晚了，牆上的指針指向兩點半，而高守躺在床上已經睡著，他的電腦卻還沒有關機，畫面停在我常和他聊天的那個聊天室，他……在等我嗎？

我伸出手，讓那奇異的發麻感覺貫穿我身子後，我伸出十指，重新登入聊天室，在上面打下：

伍琳：高守，你在等我嗎？打完之後，我都覺得好笑，高守已經睡著，怎麼可能看得到我打的字？

我在蒙渚身邊待了很久，由於那個白色世界沒有鐘錶，身為靈魂的我也不像肉軀需要休息睡眠。除了剛出車禍的那一陣子常常覺得疲憊，現在的我精神不錯，大概已經習慣了吧？

儘管高守已經睡著，很多話我還是忍不住想要告訴他：

伍琳：高守，你知道嗎？撞到我的肇事者，他的靈魂，竟然跟我在一起耶！很奇

怪，我對他一點怨恨都沒有，因為我覺得他好可憐喔！我有你喜歡我，還有老爸，還有小梅……小梅是我在班上的好朋友，有機會的話，你幫我跟她說一聲我很好。不過……這樣會不會嚇到她呀？哈哈哈！

在人間這一段時間，我也去過小梅身邊，她真的是我的好朋友，她號召了我們班的同學，要他們幫我摺紙鶴，然後放在玻璃瓶，希望摺到九千九百九十九隻時，我會醒過來。

嗚……小梅，我真是亂感動一把的……

「他跟妳在一起？」一個聲音突然響起，害我嚇了一跳。做鬼還這麼沒膽，我真是遜斃了！

我轉過身，高守就站在我後面。

伍琳：你不是睡了嗎？我打字問道。

「聽到鍵盤的聲音，我就醒來了。」高守坐在椅子上，可能是剛起來吧？臉色不是很好看，「妳說撞到妳的凶手，現在跟妳在一起？」他連聲音聽起來都怪怪的。

伍琳：對呀！

第七章

「他怎麼會跟妳在一起？」高守的語氣有點凶。

伍琳：我也不知道，我問過他，他也不是很清楚，可能我們兩個都差不多時間成為植物人吧？我亂猜的。

「他怎麼沒下地獄？」高守咬牙切齒地道，我終於發現他的不對勁。

伍琳：高守，你怎麼了？

「就是他害得妳出事，害得我們不能見面，而在另外一個世界，你們竟然還在一起？」他的聲音聽來十分不悅。

伍琳：他也是有苦衷的，他的家庭不溫暖，女朋友又背叛他，和他的好朋友在一起。他一定很心痛。我幫蒙渚說話。

「就算他是可憐的人好了，但他也不應該輕視自己的生命，還拖妳下水！」高守憤憤地道。

伍琳：話是這麼說沒錯，不過……事情都已經發生了。

「他現在和妳在一起？」

伍琳：不，不是，他在另外一個世界，就是我跟你提過的白色世界。

「他現在在做什麼？」

伍琳：我也不清楚，不過他沒有像我這樣，常常跑到你跟老爸身邊，他好像對他身邊的人……非常的怨恨。

「他最好不要過來，要不然……」高守忽然不說話了。

伍琳：要不然怎麼了？

「沒事。」

伍琳：怎麼了？你說嘛！

高守靜默片刻，才吐出：「要不然我會想扁他！不過照目前的狀況，我們好像很難打得起來。」

我忍不住笑了出來，還好他聽不到。

伍琳：他已經受到處罰，變成植物人了。

「但是妳也還沒醒過來，不是嗎？」高守沙啞地道：「我不喜歡只能對冷冰冰的電

第七章

腦說話，我希望……有一天妳能夠醒來，回到我身邊……」

高守……

我好想衝過去，將他緊緊地抱住，跟蒙渚比起來，我真的是幸福、幸福太多了，我還有老爸，還有那麼多人……我是不是……也該努力讓自己醒過來呢？

※　　※　　※

望著躺在病床上，還靠著機器賴以維生的「我」，我不斷在想，該怎麼樣才能讓自己醒來呢？

我想像電視上演的那樣，把靈魂嵌合進肉體內，問題是，我的靈魂跟肉體，就像是磁極完全相同的兩塊磁鐵，我不論是想透過念力，或是直接撲進我的肉體，都沒辦法「靈肉合一」……

我甚至想向上天大叫，上帝呢？天使呢？撒旦呢？誰都好，趕快來幫我吧！

「小姑娘，妳在做什麼？」

咦？有人在叫我，我轉過身，是一個老婆婆。她穿著日本和服，臉乾癟得像橘

子皮，還有老人斑，頭髮綁著一個髻，眼睛還瞇了起來，不知道什麼時候站在我身邊的。

「老婆婆，妳……妳看得到我？」我結結巴巴。

「有什麼不對嗎？」

「妳妳妳……我我我……」我正在思索該怎麼講，才不會嚇到老婆婆，老婆婆卻先說話了……

「妳和我，不是一樣嗎？」

「老婆婆，妳……妳也是鬼嗎？」我終於說出口，口氣比剛才鎮定許多。

「呵呵，不管是鬼，還是靈魂，其實本質都是一樣的，只不過稱呼不一樣罷了！」

老婆婆朝我露出笑容，她眼睛瞇成那樣，我懷疑她真的看得到我嗎？

「那……老婆婆，妳怎麼會在這裡？」除了蒙渚，我好像沒看到其他跟我們一樣的人……或是鬼、或是靈魂……哎呀！隨便怎麼叫了！反正本質都是一樣的。

「我呀？『我』正在動手術。」老婆婆說得平靜，別人可能聽不懂她說的話，不過身為同類的我，卻明白她的意思。

「老婆婆，妳怎麼會動手術？」我好奇地問道。

「年紀大，又貪吃，為了一塊年糕，結果現在卡在喉嚨，醫生正在幫我取出來呢！」

為什麼我覺得明明很大條的事，從老婆婆的口中說出來，卻稀鬆平常呢？她好像一點都不怕。

「老婆婆，妳……」

「怎麼了？」

「妳不怕嗎？」我決定開口詢問，因為我覺得她很不一樣。

「怕什麼？」

「妳不怕……就這樣死掉，然後離開妳心愛的人嗎？」這是我最在乎的事。

「等妳到了我這年紀，妳就知道我的心境了。」

「問題是……我還沒到妳的年紀呀！」人家花樣年華，怎麼去體會老態龍鍾

的心境？

「呵呵……既來之，則安之。」她依舊笑著。

這算是答案嗎？

「老婆婆，那妳……『妳』現在正在開刀，然後妳又在這裡，人如果死了的話，不是聽說會上天堂或下地獄，為什麼我們會在這裡？」我提出憋了許久沒人能給我解答的疑問。

「妳說呢？」

「我……我不知道啦！」

「小姑娘，別急，該走的時候就會走，該留的時候就會留，在去與留之間，唯一能做的，只有等待。」老人家說的話聽起來很有智慧，問題是，拆開來我每一個字都懂，合起來就不了解意思了。

「老婆婆……」

「好了，我該走了，年糕已經取出來了。」老婆婆向手術室走去，看著她離去，我

第七章

不由得慌了起來。

「老婆婆，等一下！」

「別急，該走的就會走，該留的就會留……」老奶奶的聲音消失在手術室，我追了過去，正好見到手術室上面的紅燈熄滅，一個醫生走了出來，對外頭等候的家屬道：

「沒事了。」

「謝謝醫生。」一名看來像是男主人的人有禮地回答，有條不紊、從容不迫的態度，簡直不像是手術室裡剛開完刀的患者親屬，不只他，其他幾個人也是。

這情況看了真令人不舒服，難道他們一點都不關心裡面的人嗎？

此時，我突然看到那些家屬當中有一張我所熟悉的臉孔，是……櫻子？我們班的日本轉學生？

而櫻子也緩緩轉過頭來，和我的視線對上。

※　　※　　※

「櫻子！櫻子！」

離開醫院，我跟在櫻子身後，不斷地呼喚她，她非但不理我，反而走得更快了。這下我更肯定，她不只看得到，還聽得到我，要不然為什麼走這麼快呢？

「櫻子，等一下！」我衝到她面前，她看著我，這時我才發現她的眼珠有一邊是深藍色，不是黑色的。人家說擁有異色瞳孔的人，看得到別的世界的人，我以前怎麼沒注意？

櫻子看著我，過了幾秒才吐出：「妳還沒死啊！」

「妳……妳是什麼意思？」就算我只是個植物人，她這樣的話也太傷人，我有些生氣地看著她。

「啊！抱歉抱歉，我的意思是，如果死了的話，妳不應該在這裡。」櫻子突然對我彎腰道歉起來，態度很誠懇，讓人不知道要怎麼說才好。

「什麼意思？那……我到底死了沒有？」連本人都不知道答案，真可恥。

「也不完全是，妳現在的肉體是植物人，代表妳還有甦醒的可能。也可能魂魄歸天之後，肉體繼續生存，沒有死絕。」

這話更玄了。

第七章

「那……我現在到底是生是死？」

「還不知道，只有等囉！」

厚！怎麼跟剛才那個老婆婆講的一樣？不愧是一家人……說到這個，我就不太高興。

「喂！櫻子，妳跟妳奶奶不親嗎？」

「很親啊！」她有些莫名其妙地看著我。

「那她剛剛在醫院的時候，你們怎麼都不緊張？」不只她，她的家人都是。

「奶奶又還不會死，急什麼？」櫻子輕描淡寫，我卻相當震懾，櫻子她不但會算命，又看得到鬼，還會預測死亡時間，這這這……真是太神奇了。

大概是我盯著她的時間太久，她退後一步，警戒地道：

「妳別想找我，不行。」

「哇塞！妳連我在想什麼都知道嗎？」這個櫻子真是太神了。

「通常你們這類的找上來，不是希望可以回魂，要不然就是幫忙你們解決人間未

了的事。很抱歉，我們不能干涉這些事。」櫻子正經地道。

「櫻子，別這樣，我們是同學耶！」我繞到她後面，討好地道。

「不行！」

「櫻子……」

「不行！」

「櫻子……」

第七章

第八章

櫻子真是無情，到後來她還是拒絕了我，不肯幫我。看來，顯然很多遊魂都找上她，所以她已練出一身不為所動的功夫，包括她的家人也是。

到過她的家中，我才知道櫻子的家在日本可是享有名氣，不過是在靈學方面。那次到她家中，她母親還很客氣地招呼我，對已習慣不被平常人看到的我，可是嚇了一跳。

至少我發現，除了高守之外，我還有其他人可以講講話，這也是好的。

而從櫻子和她奶奶玄得要命的話裡來聽，無非就是要我等待，等什麼呢？這生不生、死不死的狀況，令人煩透了。

如果說死了的話，靈魂有個歸屬，倒也一了百了，要不然就是能夠醒來。萬一三、五十年後我才醒來——哇！那我豈不是變成一個白髮蒼蒼的老太婆？高守也不知道去哪裡了？我才不要！

第八章

可是現在除了等待，似乎也沒別的辦法了。我只得嘆氣，認分地過著現在的生活。

除了高守身邊，我最常去的，當然是回自己的家了。

家……是多麼令人放不下的地方。

以前我常跟老爸搶看電視，現在，他在看他的節目的時候，偶爾會轉到我最喜歡的音樂臺；我偷藏的小說和漫畫，他搜出來打包好後，又重新擺回去；夜裡，他把我房間的檯燈打開，將收音機的廣播電臺調到我常聽的頻道……

老爸……

都這麼晚了，還在客廳做什麼？我上前一看，他正在算帳。我們家的水果是跟批發商買的，他正在結算貨款，不過只結算到一半就睡著了。

以前我有空都會幫他清算，現在誰來幫他？

我走到桌子前面，有些發怔，能不能……再一次？我抬起我的手，想去拿桌上的筆，毫無動靜。

我專注地注視那枝筆，希望能夠像上次踢倒店裡的椅子般，和實體世界再有接觸。

只是一枝筆，有那麼困難嗎？

反正我也不用睡覺，一天二十四小時都是清醒的，好極了！你這枝重量不到十克的原子筆，我跟你拼了！

※　※　※

呼……好累……

從來不知道拿起一枝筆可以是那麼費力的一件事。現在我的手像舉過啞鈴似的，又痠又重，手指也像被輾過似的，每一個關節都在跟我哀嚎，問我為什麼丟給它們這麼吃重的工作？

而這一切，只因為我在昨晚算了一夜的帳。

恭喜我吧！在努力許久之後，我終於以念力命令手指拿起了筆，可是在疲累一夜之後，便換來痠痛的代價。是每個靈魂都會這樣嗎？還是我技藝不精？

第八章

不過這一切仍是值得的，至少我有餘力幫老爸。

「奇怪了。」現在店裡人比較少，老爸看著我昨夜幫他算的貨款，嘴巴唸唸有詞，我算錯了嗎？

「伍爸，怎麼了？」高守到他身邊問道。

「俺明明記得，昨天沒算完帳就睡著，可是今天起來，竟然算好了？」

高守露出一個古怪的表情，該不會他已經猜出來了？

「會不會是伍爸您自己算好了，自己忘了？」

「也有可能，人老了，記憶力就差了。」老爸說著，敲了敲自己的腦袋，感嘆地道：「以前琳琳還在的時候，她會幫俺算……」

「或許琳琳……她在冥冥中幫忙您。」

喂！高守，不是說好了，還不能將這件事說出來嗎？

「大概吧！有時候俺覺得……琳琳好像就在身邊。」老爸說這句話時，眼神還向店裡搜尋了一遍，我嚇了一跳。

最後他一臉落寞，顯然是在緬懷，不是真的發現了我。

嗚……老爸，或許我們是心有靈犀。

「琳琳她……一定會回來的。」高守似在安慰，又像在陳述，如果我可以真的回到他們身邊就好了。

「小伙子，你不用安慰俺了。琳琳是什麼狀況，俺不會不知道。」老爸感傷地道：「這陣子你常陪俺，簡直就像俺的親生兒子，不如這樣吧！你就當俺的乾兒子吧！」

「好啊！」

高守，你答應得也太豪爽了吧？如果我哪一天醒來，你是我哥哥，我是你妹妹，這樣我們怎麼在一起？

※　※　※

這件事在晚上高守一開電腦後，我就迫不及待上網抗議，對他當我乾哥哥一事實在難以苟同，沒想到我一打完後，高守就狂笑起來。

「哈……哈哈……哈哈哈……」

第八章

「高守，你在笑什麼？」高守的媽媽出現在門口，臉色凝重地看著高守，高守收斂起笑容。

「沒有啦！」

「你最近常在打電腦，半夜也在打喔！」高守的媽媽走了進來，一臉嚴肅地道。

「沒有啊！」

「高婕都跟我說了，你最近常常在玩電腦，一玩就超過一個小時，連晚上也不睡覺，這跟我們當初買電腦給你的約定不同喔！」高守的媽媽那麼嚴肅，我大氣也不敢喘一聲。

高守不語，我知道這一切都是因為我，他每晚都在和我聊天。

高守的媽媽看了一下電腦，還好我已經把視窗關了起來，所以她不知道高守在做什麼。

「你最近的行為，有點讓人擔心……是不是跟你女朋友出車禍有關？」

「高婕說的？」高守反問。

「是不是這樣?」其實根本不用問，高守他妹知道我跟她哥的事情，高守的媽媽會知道，肯定是她講的。

高守偷偷深呼吸，然後吐出來，他說道：

「對，不過那都過去了。」

「都過去了?」高守的媽媽有點不相信，依舊是狐疑地看著他。

「真的。」

「那你現在還在那家冰果店幫忙?」高守在那裡那麼久，高守的媽媽不知道也很奇怪。

「嗯。」

「你還要繼續到什麼時候?你的功課……」

「媽!」高守打斷他媽媽的話，認真地道：「妳跟爸不是常說，除了功課外，這世上還有其他重要的事?我只是幫忙一個老人而已，並不會影響我的功課。」

「幫忙人固然很好，但也要顧及自己的能力。」

第八章

「我知道。」

「有什麼事，你可以跟我或是你爸談談。」

「好。」

高守的母親不再多說，走了出去。這時高守突然從書包摸出一張考卷，然後喊道：

「媽，這是今天考試的成績。」

高守的媽媽接了過去，我也湊上前一看，哇塞！九十多分，比我的還要高，不愧是高守，什麼都高！

高守的媽媽露出一個釋懷的表情，走了出去。

高守又回過頭來，不過這次他記得把門鎖了起來，然後坐在電腦前。

「琳琳，妳還在嗎？」他小聲地問。

我的手指在鍵盤上移動，打開聊天的視窗。

伍琳：在啊！

「看吧！害我被罵了吧？」

伍琳：欸！是你自己笑那麼大聲！我不服地抗議。

「誰叫妳講那些話！」

伍琳：本來就是嘛！你要是變成我爸的乾兒子，就變成我哥，兄妹在一起，不是亂倫了？

高守笑了出來，不過沒有太大聲，他瞄了門口一眼，才道：

「妳想太多了，乾兄妹又沒有血緣關係，就算在一起，也不會有人講話。」

伍琳：對厚！我真笨，腦筋一時轉不過來。

「所以是妳害我被罵，不是嗎？」

伍琳：……好嘛！對不起啦！我給他一個吐舌頭的表情。

「對了，今天伍爸跟我說，他昨天帳沒有算完，醒來之後發現算好了，是妳嗎？」

伍琳：對啊！

第八章

「妳已經可以拿筆寫字啦？那為什麼還不現身？」

伍琳：拜託，我昨天集中念力，一直希望能夠把筆拿起來，注意力集中了好久，好不容易才舉起筆把帳算完，今天下午你們在店裡講的時候，我的手還在痛耶！我讓他明白我的難處。而且現身跟這回事有什麼關係？

「我以為妳可以拿筆寫字，就會像電視上演的那樣，可以出現在其他人的面前。」

高守看來有些失望。

伍琳：你不怕嗎？

「怕什麼？」

伍琳：萬一我出現時一副青面獠牙怎麼辦？

高守沒有講話，我等了好久，急了。

伍琳：高守？

「那……妳還是不要出現好了。」

伍琳：可惡！高守，你……我生氣極了，一時不知道要罵他什麼，手指停在鍵盤

上，氣惱地看著他。

「我開玩笑的啦！」高守趕緊安慰我，「如果妳是青面獠牙的話，那我就變成牛頭馬面好不好？」

伍琳：不好！

「為什麼？」

伍琳：如果你變成牛頭馬面，就等於你跟我現在一樣，靈魂不在身體裡面，還是不要這樣好了。

「琳琳……妳好體貼喔！」高守看起來很感動。

伍琳：再說，我才不要一個牛頭馬面的高守。哈哈！將他一軍了吧？高守的臉色一變。

「妳……」

我給他一個露齒狂笑的表情符號。

「好，算了，對了，妳不是說手不舒服？這樣子表示妳會覺得累，就不要聊太久了。」

伍琳：打電腦還好，很奇怪，反而越打，手不舒服的狀況越來越消失了。聽說電腦、電視這些電波頻率什麼的東西，跟靈魂的頻率很像，所以我覺得我的手沒事了？我亂猜的。

「那就好。」

※　※　※

手不舒服的情況是消失了，不過這兩天我怎麼猛打呵欠？雖然還不到想睡覺的程度，不過最近總是懶洋洋的，心神恍惚，一不注意，腦袋就會一片空白……

等我回過神時，又回到了白色世界。

「妳回來啦？」蒙渚平淡地說。

「嗯。」

這陣子，我偶爾會回到這裡來。在知道蒙渚的故事後，我對他有幾分同情，也會記得來看看他。許多時候，他都自己一個人在這裡。

「怎麼不去看妳老爸，或是高守的身邊？」

「關心你啊！所以我回來看看。」

「不用了。」

「怎麼這樣子？有人關心你不好嗎？」跟他玩玩挺不錯的，起碼會忘了疲累。

「如果妳是可憐我才來關心我的話，那就算了。」蒙渚的口氣不是很好，不過相較於先前已經好很多了。心靈受過傷的人，大概都比較敏感吧？

我歪著頭看他，故作輕鬆：「你哪裡需要被可憐呢？」

「妳……」

「再怎麼說，我們算是夥伴，在這個世界，只剩下你跟我，我不能關心你嗎？」我理直氣壯地道，他無法拒絕我的好意了吧？

蒙渚似乎想說什麼，最後只嗯了一下。

還會害羞，真是可愛。

我打了個呵欠，這時聽到蒙渚問道：「妳怎麼了？」

第八章

「沒什麼，有點累。」

「常常這樣子嗎？」

「沒有，好像只有剛出事的時候，整個人很想睡覺，後來就再也沒有過了，是這兩天才又變成這樣……」話還沒說完，我又打了一個呵欠。

「妳……還沒有感覺嗎？」

「什麼感覺？」

「沒、沒事。」

蒙渚怪怪的，好像想說什麼，又沒有說話，是我想太多了嗎？算了，大概也不是什麼要緊事，我又打了一個呵欠。

※　※　※

最近疲憊的次數越來越多了，連在跟我心愛的高守聊天時，都會出現恍神的狀況，一句話要兩、三分鐘才能反應，像現在就是這個狀況。

高守：琳琳，妳在嗎？

高守的字從螢幕出現，此刻他正利用電腦課和我聊天，而我則在後面空著的電腦前。

伍琳：在呀！我懶洋洋地打著字。

高守：妳太久沒有回應，我以為妳走了。

伍琳：沒有啊！我一直在這裡。

高守：妳最近……好像心不在焉喔！

伍琳：哪有？還好他看不到我，要不然就被他發現了。

高守：是不是有什麼事？有事的話要跟我講……

我的眼前又一片模糊，腦筋像灌了漿糊……好想……好想睡……

「高守！我說過上課時嚴禁上網聊天，你在做什麼？」

我整個人倏地清醒過來，慌張無措，後來又覺得我在緊張什麼，被罵的又不是我，其他人也看不到我，有什麼好怕的？不過看到高守被老師罵，我也跟著提心吊膽起來。

而我這時候才發現，整個螢幕上都是我的名字，可見他叫了我多久，而我卻不知道，難怪專注於跟我對談的高守會被老師發現。

此刻全班都看著高守，我覺得好難過，都是我的錯。

電腦老師又劈哩啪啦罵了好久，一直到下課鐘響，也多虧鐘聲響起，才救了高守。不過高守也被老師留下來整理教室，以便給下一個班級使用。

嗚……高守，我對不起你。

就在高守整理教室的同時，下一個使用電腦教室的班級的人也陸陸續續進來了。

大概是剛才被老師嚇一跳，現在我一點都不疲倦，靜靜跟在高守身邊。如果可以的話，我好想幫他整理桌椅。

就在我胡思亂想之際，有人朝高守走了過來。

「高守，你在這裡啊？」

我一看——咦？這不是上次在冰果店裡那隻青花魚嗎？她正興奮地看著高守，看了就令人討厭。

「嗯。」高守沒理她。

「你在這裡做什麼？」鄒青瑜跟在他身邊。

「整理教室。」高守將椅子扶正。

「不用整理了，等下我們班就要上課了。」鄒青瑜像獵人看到獵物，雙眼熠熠發亮，而高守正好整理完桌椅，往外面走去，鄒青瑜也追了上去，我趕緊跟在他們後面。

「高守！高守！」鄒青瑜大叫著，高守沒有理她，她竟然——公然抓住高守的手？

可惡！快放開！

儘管我想阻止他們的手碰在一起，但卻毫無作用，我對他們來說只是一團空氣，氣死人了！

「什麼事？」高守把手抽回，我趁機站在他們中間。不管他們看不看得到我，反正我的高守就是不准給這個人碰。

第八章

「高守……」鄒青瑜雙眼迷濛，楚楚可憐地道：「我不是說過我喜歡你？你為什麼都不理我？」

「我為什麼要理妳？」

啊哈！高守，說得好！

「高守！」鄒青瑜竟然跺了一下腳，「我一個女孩子厚著臉皮跟你表白，你不但不接受，反而一直打擊我，你什麼意思嘛！」

喂喂喂！搞清楚，高守有罵妳嗎？我嫌惡地看著她。

「要上課了！」

「不管，你今天一定要給我一個交代！」這可惡的女人，竟然又拉著高守的手臂，還不放開！

「妳放手！」高守緊張地道，想要抽回手，鄒青瑜卻不放開。

「你還在想那個伍琳嗎？她都不知道能不能醒過來，你幹嘛這麼笨？一直想她？」

竟然罵高守？我朝鄒青瑜做了一個她看不到的鬼臉。

「就算琳琳不能醒過來，我也不一定會接受妳。」高守說了重話，真是太好了，沒想到卻惹得鄒青瑜憤憤大叫：

「那個伍琳到底想怎麼樣？都要死了，還不放過你！」

喂！我還沒死耶！敢咒我？我生氣地看著她。

「琳琳沒有死。」高守為我說話。

「跟死了差不多。」可惡的青花魚，她的話我越聽越生氣，我死了，她就可以趁虛而入嗎？

「不要這樣說琳琳！」高守提高音量，只有他知道我存在。

「怎麼樣？我就偏要說，都要死的人了，為什麼還糾纏著你？有本事叫她起來啊！躺在床上半死不活的，有什麼意義？不如去死算了！」鄒青瑜越說越惡毒，我氣到頭腦發昏、眼冒金星。

「夠了！」高守的聲音越來越大。

第八章

「怎麼樣？我就是要說！一個植物人能做什麼？明明躺在床上還霸著你不放，還不如早點去死好投胎！」

可惡！我彷彿得了高血壓，龐大的壓力跟著怒意湧上來，直衝我的腦部，眼前忽明忽暗，聽覺也越來越薄弱……

「鄒青瑜，閉嘴！」高守怒吼，他難得這麼生氣……

「叫我閉嘴？我偏不，早死早投胎、早死早投胎……」

我才不要死！我才不要離開高守的身邊，青花魚妳別太過分了！我氣極了，明知打不到她，還是舉起手來想往前揍她——

「匡啷！」

好痛！

我高舉著手，站在原地，吃驚地看著我的右手，竟然……會痛？那塊玻璃……是被我敲壞的？

我看到他們驚訝地往我這邊看來，他們看不到我，那……他們在看什麼？玻璃

嗎？那……玻璃為什麼會破？我……我可以打壞玻璃？我有這個力量嗎？

心中充滿許多疑問，手也逐漸虛軟，而這一切，都不及白茫茫的一片籠向我，我陷入昏睡……

第八章

第九章

好吵……四周都是人的聲音，好吵……

我費力地睜開眼，發現四周都是白色的一切，不過不是我所常去的白色世界，這裡的白色好鮮明、好實在……尤其那個刺鼻的消毒水味道，更刺激了我的鼻腔。

身子不再輕盈，沉重得像綁著數顆巨大的石子，就連眼皮也很難維持張開的程度……

「她張開眼睛了……」

「她醒了嗎？」

四周有人在說話，還有人奔跑，我努力移動瞳孔，想要看清眼前的狀況，一股拉力將我從這有如沉重的池子中撈了起來，我立刻感到解脫——

等我醒了過來，這裡是我熟悉的白色世界，一片霧茫茫、毫無邊際，那，剛才是

第九章

怎麼回事？

旁邊有人在喘氣，我循聲望去。

「蒙渚，你怎麼了？」我擔心地問道，他從來沒有這樣。

他沒有講話，我再催促：「蒙渚？」

「妳剛剛——」他總算開口了。

「剛剛怎麼了？」我不明所以。

他雙眼直直看著我，我也回看著他，就在幾乎要以為他愛上我的同時，只聽得他吐出：

「沒事。」

「沒事幹嘛那麼嚴肅？我還以為出了什麼大事嚇了一跳，你很無聊耶！」我抱怨地道，這個蒙渚。

蒙渚沒有回應，悶葫蘆一個。我繼續說道：

「沒事的話，就去原來的世界走走，不要老是一個人在這裡，你一定有想去而還

沒去過的地方吧？其實現在的情況也很好，只要集中念力，想去哪裡就可以去哪裡，還真不錯。」說實在，這陣子我還真去了不少地方，只差沒去國外。

嗯，等有空時就來試試，去點不一樣的地方。

「妳喜歡現在這個樣子嗎？」蒙渚突然問道。

「還可以啦！」要不然怎麼辦？

「如果有一天，假設……我只是假設，妳醒過來的話呢？可就沒辦法像現在這麼自在了。」蒙渚認真地道，害我也不得不收斂鬆散的心態。

不過這個問題……可是個大問題，要好好想想。

「都還沒醒來，想這麼多幹嘛？對了，我怎麼會回來這裡？我記得我剛剛明明——」

「妳剛剛睡著了，是我把妳叫醒的。」蒙渚插嘴。

「喔！」也是，我最近常常精神渙散，睡著是有可能的，「謝謝囉！」

「妳向我道謝幹什麼？」他表情古怪。

第九章

「我如果一睡，就不知道會睡多久，這樣就不能去看高守了，當然要謝謝你把我叫起來囉！」

蒙渚的表情更複雜了，他的心思太細，跟他相處這些日子，我還是搞不懂他，算了！我還是去找我的高守。

※　※　※

當我碰到高守的時候，他動作好快，正匆匆出門，我也不可能叫住他，乾脆跟著他出門。只是都已經晚上了，他要去哪裡？

跟著高守來到目的地，竟然是醫院？

我想起先前眼前一閃而逝的醫院畫面，有什麼涵義嗎？不管了，還是先跟著高守進去。

高守到了病房，門一打開，竟然是——

「伍爸！」

老爸怎麼在這裡？

老爸看到高守，激動地站了起來，抓住他的手直嚷：

「琳琳、琳琳她——」

「她怎麼了？」

這時我發現「我」躺在床上，咦？我什麼時候從加護病房移到普通病房了？我正百思不解，又聽到老爸的聲音：

「醫生說琳琳今天早上有醒來。」

什麼？

這個消息猶如被皮卡丘以十萬伏特電擊，我全身僵硬，不可置信地慢慢轉頭，看著老爸。

我，伍琳，明明在這裡，那「我」又是什麼時候清醒過來的？

「什麼時候？」高守跟老爸一樣激動。

「早上十點多的時候，雖然只有一下下，但醫生來看過了，他說了一堆話，俺聽了也聽不懂，不過他說如果再動一次手術的話，琳琳醒來的機會很大。俺等了這麼

第九章

久，終於等到了……」老爸以衣袖擦拭眼角，他在偷哭……

「十點多……」高守不知在喃喃什麼，最後道：「伍爸，真是太好了。」

「是啊！」老爸又哭又笑，高守也陪著他一起開心。

我沒有心思去理會那兩個男人，上前看著躺在床上的「我」。

都兩個月了，「我」還躺在床上，閉著眼睛，沒有變化，而我也站在這裡，絲毫沒有人家說什麼歸魂的感覺。彷彿躺在床上的是另外一個人，跟我毫不相關，但我們又有某種關聯。如果身子完全死了的話，我就會消失了吧？或者是，會到不同的地方……

或許，他們口中醒來的，並不是我……

※　※　※

自從聽到「我」曾醒來的消息，我就常在「我」身邊，免得被其他的孤魂野鬼占據，鳩占鵲巢，不是很恐怖嗎？

不過守了兩天，並沒有其他消息，真令人洩氣。

到底是哪個醫生亂說話?害人家很期待的說!每次打盹要睡著的時候,都很努力醒來,免得錯失任何機會。

不過最近的倦怠感實在太濃厚,我就像挑戰七十二小時不睡覺的選手,即使瞌睡蟲都爬到頭上了,還是得把牠揮走。

但是……我好像沒有那種氣力……

「伍琳……伍琳……」

眼前的……是護理師?我不是闔上眼睛了嗎?為什麼又看得到其他的景象?是夢嗎?可是這個夢,卻鮮明得讓人難以忽視,不論是我眼前所看到,或是耳朵所聽到,都是那麼清晰。

而我全身痠痛,更不像平常的我,好難受。

我看到了除了護理師之外,還有其他人也跑了進來,有醫生,有護理人員,全都圍繞在我身邊,而那醫生更湊近到我的眼前,對我呼喚:

「伍琳,妳聽得到嗎?妳聽得到我們嗎?聽得到的話,可以眨兩下眼睛嗎?」

第九章

我順從地眨了兩下，四周響起一片歡呼。

搞什麼鬼？這是在幹什麼？把我當猴子耍嗎？正當我試著想要發出聲音，眼前卻出現了一個詭異的景象。

平常我沒有實體，在半空中移動的時候很是自在，相當自由，從來沒有想過如果有人看到我的話會怎麼樣？因為也難得有人看到我——而現在蒙渚飄在我眼前，神色難看，我嚇了一跳。

他忽然伸出了手，拉住我的手臂，把我用力往上一抬——

如同冷水降頂，我的意識完全清醒。

「蒙渚，你在幹嘛？」他的動作好粗魯。

蒙渚沒有講話，而我背後——也就是底下的聲音傳來：

「她沒有意識了。」

「她還醒著嗎？」

我往下一瞧，一堆圍在「我」身邊的護理師不斷發問，而醫生左手正拿出一個小

型手電筒，右手撐開「我」的眼皮，檢查我是否有反應。

——剎那間，我明白了。

我轉頭看著蒙渚，一股怒氣從腹部向胸口升起，它從醞釀到燃燒的時間十分快，很快就充斥全身。

「蒙渚，你在做什麼？你明明知道我有多渴望醒來！」來不及對他生氣，我飛快地向自己的身子撲去，希望再回到體內，可是「我」已經閉上眼睛，又變回植物人狀態，再也進不去。

「妳不是很喜歡自由自在、無拘無束的感覺嗎？」蒙渚刺耳的聲音傳了過來。

我試了幾次，都沒有辦法，就像被鎖在家門外，無論怎麼轉動門把，都無法打開進入家裡的通道。

我進不去了，我醒不過來了！我憤恨地朝著蒙渚大叫：

「你為什麼要這樣做？為什麼不讓我醒來？」

「妳不是……喜歡愛到哪裡就到哪裡，不用受肉體控制嗎？」蒙渚低著頭，我看不

第九章

到他的表情。

「那是在不知道自己會不會醒來的狀態下，當然會那樣子說，可是——」我的淚水奪眶而出，氣惱地大吼：

「你為什麼要把我拉起來？為什麼不讓我回去？是不是因為我能醒來，而你不能醒來，所以你在嫉妒，才會破壞我的好事？」蒙渚的行為實在太惡劣，我又憤怒又傷心。

蒙渚一言未發，他這樣更讓我生氣。

「我恨你！」我失控地朝他大叫：「難怪你身邊的人都不要你，因為你是個不折不扣的自私鬼！」

語畢，我才不管蒙渚的反應，傷心地離開醫院，穿過樹木、穿過圍牆、穿過馬路、穿過藍天——

※　　※　　※

我生氣、我難過、我失望、我怨恨，從來沒有這麼一刻，我心中充滿不平、仇恨，就連知道自己死亡的時候，都沒有如此。如今我對蒙渚充滿了恨意，是他毀滅了

我的人生，又破壞我的重生，他是惡魔！是劊子手！

跑到醫院外面，面對著這一片藍天，卻沒有我的容身之處，我放肆地大哭，再也回不到身體裡了……

哭了許久，我累了，有些恍神，身子原本就夠輕盈了，這下更像是一拍即散的雲絮，而我也無心去聚合。

忽然，我發現我的所在地——竟然是家裡！

老式的冰果店，有些桌椅還沒收拾好，新的客人又來。在前面忙碌的老爸，身邊有個助手，不過不是高守，是隔壁的阿水嬸，而老爸——我看到他在笑，而且是發自內心的笑容。

我永遠不可能再回到他身邊了。

心之所繫，魂之所動。眨眼之間，我來到了高守的家中，他看起來正要出門，而他的小妹跑了過來。

「哥，我要玩你的電腦！」

第九章

「不可以！」他看起來相當浮躁。

「那麼生氣幹什麼？你要出去，電腦又不關，我為什麼不能玩？」

「反正我說不能動就是不能動！」

「哼！」高婕不理他，跑走了。

高守出門後，我來到他房間裡，高婕正坐在他電腦前面，只聽見她一聲咒罵：

「可惡！竟然要密碼！算了，不玩了！」說完就離開了。

我看到螢幕上顯示網路登入需要密碼。高守曾經說過，為了讓我能夠隨時找他講話，所以他電腦都不關的。而他新設的密碼，也是我的生日。

我忍不住想哭，我多麼希望能回到他身邊，站在他眼前，看著他的表情跟他說話，而不是得透過這冷冰冰的機器。

唯一的機會，竟然被蒙渚破壞了！

我登入了網路，開啟我和高守常溝通的那個聊天室，登入之後，我不知道該講什麼，只是打下他的名字——

今生，注定無緣。

我腦海一片空白，等到回神之際，又來到了我變成植物人後最常待的白色世界。

※　※　※

我厭惡這裡，它讓我想到那個人。

我寧願去地獄，也不要和他在一起！

就在我考慮要去哪兒時，疲累感湧了上來，大概是失望憤怒過度吧？連身體都會受影響，何況是我的靈魂呢？我已經很久沒有睡覺了，如果能好好睡一覺，或許會好過一點。

就在我正準備失去意識時，耳邊突然傳來——

「伍琳，不要睡，起來！」

聲音又驚又急，緊接著，我的手臂被抓住，我的身子在搖晃，我勉強張開眼睛一看，是蒙渚，這可惡的蒙渚，連我要休息也要來干涉我，我嫌惡地掙脫他的手。

「放開我！」

第九章

「不行！妳不能睡，起來，不要走！」他喊得是那麼急切，我連閉上眼都不得安寧，於是又睜開來。

「該走的是你，你走開！」

「不！」

此刻我耳邊突然出現其他的聲音，這是前所未有的狀況，就在蒙渚高喊我名字的同時，我的耳邊也傳來老爸跟高守的聲音——

「琳琳，加油！」

「琳琳，妳要撐下去！」

就算我十分疲憊，仍打起精神，想要補捉聲音的來源，然而蒙渚卻破壞了一切。

「伍琳，醒來，不要走，醒來！」

「你到底想要幹什麼？」我已經好睏，耳邊卻這麼吵，尤其除了蒙渚之外，還有其他人的聲音，這是怎麼回事？

「留下來，不要回去那個世界，不要放我一個人，醒來！」蒙渚他喊得又驚又急，

我略微甦醒，而老爸和高守的聲音遙遠了些。

「你在說……什麼？」

「不要走！不要回去活著，留在這裡陪我！」

我瞪大了眼睛，精神稍微振作，那呼喚我的聲音更小聲了。

「你說……什麼？」

蒙渚滿臉驚恐，懼意使他看起來格外脆弱，他終於說道：

「如果妳再睡著的話，等妳醒來，就不是在這裡了。」

「不是在這裡，那我會在哪裡？」我被他搞糊塗了。

「妳會……活著……」他咬牙吐出，這答案讓我精神瞬間集中起來。

「我活著？我會活著？」

「對。」他的表情倏地一變，看起來相當軟弱、無助，他緊緊抓住我的手不放，不讓我倒下。

「我要活著，我要回去！」聽到這消息，怎能不令我欣喜？我想要掰開他的手，他

第九章

卻將我抓得牢牢的。

「不要走，不要回去，妳回去以後，這裡就剩下我一個人了！妳不要活著，留下來陪我！」他抓著我大叫，雙眼充滿恐懼。

「你……」

「我寧願妳恨我、怨我，只要妳能留下來，我什麼都不在乎，妳是我唯一的朋友！」

朋友？

這兩個字讓我震懾了一下，捶打的手鬆了下來，看著他殷切的表情，我恍然大悟。

「所以你……上次我明明有機會醒來，你卻故意把我帶走？」

「對。」

「你怎麼可以這樣？你明明知道我最大的希望，就是能夠回去活著！」倦意像團濃稠的迷霧困住了我，意識開始渙散，但還沒停止紛爭。能夠一邊吵架一邊睡覺的，我

大概是頭一個吧？

「我知道，可是妳走了，我就什麼都沒有了！」他淒楚地喊著，引發出我的惻隱之心。

我知道他的內心脆弱，特殊的遭遇讓他變得敏感，可是——

「你不是什麼都沒有，你還有關心你的人。」我閉上眼睛，突然臉皮被捏了一下，好痛！

我張開眼睛，驚訝地看著蒙渚。

「沒有，沒有人關心我！」他大吼，不知他是真的痛心，還是為了要吵醒我？我不由得憤怒，起身認真跟他吵了起來。

「你總是說沒人關心你，自己卻一點也不懂得付出！你去看過你爸嗎？他明明是那樣關心你，每天都去看你，你還說沒人關心你！」這點是由每天都到醫院看「我」的高守口中得知的，他們有時會碰面。而我後來才明白，我在醫院的一切費用，除了健保之外，都是蒙渚他爸給付的。

蒙渚臉色一陣青白，辯駁：

第九章

「那不算！」

「什麼樣才叫做關心？這不是嗎？」一陣暈眩襲來，耳邊的聲音更大了，是在叫我嗎？我是不是該走了？

臨走前，我有許多話想對蒙渚說：

「你的父親後悔了，現在每天都在陪伴你，這難道不是關心？時間不能倒流，每個人都無法回到過去，你為什麼不肯看看你所擁有的，而一定要執著你所失去的呢？」要命！吵架真傷神，身子好累，好想睡——

蒙渚抿緊嘴唇，放開了我。

如果說我睡著就會回去活著，那我得趁抓緊時間，就算閉著眼睛，也要把我心裡的話對他吐出：

「我也把你當朋友，雖然我們都不是人，我也不希望你成為怨靈。在世的時候你憤世嫉俗，現在的你也很不開心，我希望——」越來越想睡，不知道能不能把話說完？「你能過得快樂一點，就算是鬼，也可以當得很開心呀！」

「當鬼……也可以很開心？」蒙渚一臉迷惑地看著我。

「嗯，去守在『你』身邊……你知道我說的是哪個……回到『你』身邊，你會知道……你到底擁有多少……」

蒙渚沒有講話，也沒有再把我搖醒，我渴望回去，又不知道我所說的他是否都聽懂，我活了之後，還有機會再跟他講這些嗎？

沒辦法了，眼皮好重，好想睡，而原本輕盈的身子也像陷入流沙之中，不斷地往下沉……往下沉……

再睡一覺，我就可以醒來了嗎？

第九章

第十章

我醒來了，活過來了嗎？

要命！

如果說醒來的代價，是要面對全身的痠痛無力，那我——還是得面對！因為有感覺，這才叫活著！

我張開眼睛，有些刺眼，我眨了眨眼皮，有些發愣地看著前面，正確來說，應該是天花板。

我試著將頭移到一邊，以我原本的身體來探索四周，這一刻，我反而覺得像在做夢。

「琳琳……」一個顫抖的聲音傳進我耳裡，我慢慢轉過去看，是老爸。

「老……」口好渴。

第十章

「琳琳……琳琳……」老爸好激動，他指著我，話都說不全了，只是興奮地抱住了我，「妳總算醒過來了！」

老爸抱著我，這股溫暖熟悉的氣息，讓我想起小時候生病時，也是老爸抱著我，帶著我去看病的——

久違的記憶湧了上來，老爸的手掌貼著我的肌膚，我……我真的醒過來了？

「老……」

「俺等了好久，妳總算醒過來了。以後妳可不能這樣，就這樣拋下俺離開，俺……」老爸用袖子揩拭著臉，他又在哭了。

「老……」

「好、好，妳什麼都不用說了，俺明白、俺都明白……」

明白？那還忤在那裡喜極而泣做什麼？

我需要水！

※　　※　　※

活著？這個就是活著？以前覺得平淡無奇的平凡事物，都變得珍貴起來。我喝著開水，享受它潔淨的甘甜；看著窗外的藍天白雲，慶幸在有生之年，還能看到它的色澤；醫院外面的車聲，也不覺得是噪音了。

一切的觀點都不同了，我發現世界多麼可愛。

我試著在醫院裡行走，許久未用到雙腳，走路的感覺好陌生，像兩個鉛條在身上，十分累贅。

想想我也真貪心，既愛輕盈的自由，又想要實在的活著。

哎喲！

大概是太久沒走路，身體對我太陌生，連走個路都還會跌倒，難道那場車禍造成了什麼後遺症嗎？我開始憂心。

一陣急促的腳步聲傳來，映入我眼簾的是一雙白色的布鞋，我抬起頭來——是高守。

我對他並不陌生，靈魂在外飄蕩的那段時間，我天天到他家，天天看著他，可是這時候，直怔怔地看著他的臉，沒有辦法任意移動，竟讓我不由自主緊張了起來，那

第十章

久違的面紅耳赤、心跳加速，一股腦兒地湧了上來。

「對不起，我來晚了。」他開口道，臉上像在發光。

我看著他，一時不知道該說什麼，先前做鬼的時候和他上網溝通，無所不談，怎麼一回到身體裡，腦筋就變遲鈍了呢？

「琳琳？」高守臉上的光沒有那麼亮了。

我像個呆子，傻乎乎地讓他扶起來，回到了病房，躺在床上，現在只剩下我跟他……

高守什麼也沒說，只是幫我調好床鋪的位置，擔憂地看著我，我有些羞赧地低下了頭，偷覷著他，他看起來似乎有點……失望？

「要不要喝檸檬水？」他忽然生澀地問。檸檬水是我最愛喝的飲料，養顏又美容，而他的態度讓我心頭一悸，我們……有那麼陌生嗎？

「……好。」我緩慢地道。

高守看著我，眼神是複雜的，不知為什麼，我的心頭突然一陣酸楚，在他離開之

前，我使出了力氣喊著：

「等、等一下！」

高守停下來，回過頭看著我。

「我……我不要喝檸檬水了。」我說道。

「那妳要喝什麼？」

「我要——」我深吸一口氣，清楚的講道：「我要你陪我。」

高守的眼睛像初出的晨曦，驀地大放光明，我鼓起了勇氣，趁勝追擊：「留下來……好嗎？」

高守臉部的線條浮動，開始變得柔和，就連眼睛也充滿了笑意，要命的電死人。

「好。」

※　　※　　※

由於身子還是很虛，所以高守借了張輪椅，推著我到處走，我享受著尊榮的滋味，像是高高在上的女王，而他是陪伴在側的臣子——不，不對，臣子怎麼能跟女

第十章

王在一起呢？我是女王，高守就該是國王——

「在想什麼？」

跟著聲音落下的是一記冰涼的物體，碰觸著我的臉頰，我驚呼了起來。

「高守！」

「妳在發什麼呆？」高守將飲料遞給我，我們兩個就站在庭院裡享受著陽光。

「沒有啊！」我接了過來，高守連吸管都插好了，我大口吸了起來，好滿足。

「妳還記得我的名字啊？」高守站在我身邊。

「當然，我會忘記嗎？」我有些抗議地道。

「那剛剛我扶妳的時候，妳怎麼什麼反應都沒有？」

「有嗎？」剛剛那樣子，一定很傻。

「我還以為……妳醒來之後，就會忘了我。」高守的聲音像是惆悵，又像是寬慰。

「大概是車禍的後遺症，人會變笨，你要原諒。」我自嘲道，不能讓他知道剛剛其實是看他看到著了迷——好討厭！

「現在又變聰明了？」高守微彎下腰，俯身看著我。

要命！這種近距離不行啦！就像瓦斯不能碰到火一樣，會爆炸的。我兩頰發燙，低下頭避開他晶亮的眼珠。

「你不要取笑我啦！」我嘟嘴抗議。

高守呵呵笑了起來，他的笑容很好看，就像是少年阿波羅，燦爛炫目得叫人無法直視。

「對了，琳琳。」他開口。

「什麼事？」

「前陣子……我常做夢……」他的眼神好奇怪。

「什麼夢？」

「一個很奇怪的夢……」他語氣輕飄：「我夢到，妳就在我身邊，我夢到，我們在一起……」咦？他在說什麼？「這個夢一直持續到今天，妳醒來了，夢才停止。可是我反而覺得，現在才在做夢……」

第十章

他看著我，眼神認真，我的身體又開始滾燙了。

「啊……是嗎？」我有些無措。

「那是個很好的夢。」

「或許……那不是夢。」我握緊飲料。

「為什麼？」

「因為……我做了和你相同的夢。」

高守沒有說話，但是我知道，他明白了。那段經歷太奇幻，在生與死之間擺盪的我，竟然能和高守溝通？若非親身經歷，誰也不會相信。

若不是高守提起，我也很難對他述說我的經歷，說不定……那只是我在昏迷時所做的一場夢呢？

然而高守以巧妙的詢問避開可能會有的為難，真是太體貼了——

「琳琳。」

「嗯？」

「恭喜妳醒來。」

「謝……唔……」我的話來不及說完，就被堵在柔軟而甜蜜的唇瓣中，我和高守的第一次接觸，感覺……真好。

我沒有多話，自然反應地閉上了眼睛，覺得——醒來是對的！

※　　※　　※

冰果店裡人好多喔！每一桌都坐滿了人，而且幾乎都是我們學校的人，就連裡頭沒位置，也有人願意花時間排隊買冰或是果汁，怪怪，這不是只有週年慶才會有的狀況嗎？

而人這麼多，正是賺錢的大好時機，沒想到老爸全面打五折，我趁有空時，偷偷跟他抗議起來：

「老爸，你瘋了不成？又不是週年慶，打什麼折？」

「俺高興呀！」老爸臉上笑咪咪的。

「高興什麼？」

第十章

「高興妳醒來了呀！俺本來還要免費請客的，是阿水嬸說那樣會虧本，而且妳才剛痊癒，需要多補，俺才收一半錢。」

原來是阿水嬸的功勞。我看了一下自動來店裡幫忙的阿水嬸，她正在幫客人端冰過去，是個和藹的好婦人，我們也常常受惠於她。

說到阿水嬸……我嘴角上揚，戲謔地朝正在打冰沙的老爸說：

「老爸，你什麼時候要娶人家呀？」

砰！

劈哩啪啦！

果汁機發出了非常奇怪的聲音，老爸大概不知道按錯什麼鍵？手忙腳亂地檢查機器，而一向黝黑的皮膚，竟然還可以看到紅暈？

「妳、妳在胡說什麼？」

「我說的是實話呀！」老爸好像惱羞成怒，想要開口訓我，深諳他個性的我，趕緊接過他手上的冰沙和其他的果汁去給客人。

阿水嬸正好和我擦身而過，我調皮地對她道：

「阿水嬸，我爸有事找妳。」

「什麼事？」

「他在前面，妳去了就知道。」

阿水嬸往前面走去，我則吃吃竊笑著，剩下的，就交給老爸了。

這麼忙的時候，高守卻沒有來，不免令人洩氣。

這兩天他不知道怎麼回事，來沒多久就走，今天甚至放學後都沒有來。雖然說冰果店不是他的責任，可是我和老爸都已視他為一分子了，就算他有事，也該先說一聲嘛！

「總算送來啦！病美人。」

「妳好慢喔！」

這桌七、八個女生都是我們班跟我感情比較好的，就連櫻子也來了。她朝我淺淺一笑，身上仍散發出一股靈異的氣質。

第十章

小梅幫我將東西發給大家。

「來，這是小茹的、玉書的、櫻子的……」將東西發完後，她把我拉了下來。「一起坐嘛！」

「我很忙，現在沒辦法聊天。」

「妳才剛醒沒多久，大家會體諒的。」

「是嗎？」

「植物人會醒來，是很難得的事，妳看店裡高朋滿座，大家都是來看妳的，所以沒關係啦！」

這就是店裡生意好的原因嗎？我突然無言以對。

小梅常口無遮攔，不過看在她送到醫院的那九百九十九隻紙鶴的份上，我無法對她生氣。

就在我要坐下來時，門外傳來摩托車轟隆隆的聲音，高守的聲音傳了進來：

「琳琳！」

我轉過頭，高守騎在摩托車上，頭戴著半罩安全帽，我看不到他的表情，不過他的聲音很急：

「快點！」

「什麼事？」我跑到門口，正想問他今天為什麼不過來幫忙，他卻塞給我一頂安全帽。

「快走！」

「要去哪裡？」

「沒空解釋，快點！」

我順從地戴上安全帽，坐在他背後的位置，可以感受到店裡所有的焦點都集中在我們身上，但——不管了！高守騎摩托車的樣子好酷喔！

我坐上車子，手不知要放哪裡，他卻抓住我的手，往他的腰一抱，然後催動油門，向前駛去，我似乎看到小梅她們羨慕的眼光。

車騎得這麼快，他要載我去哪裡？沒多久就有了答案，他竟然帶我來到了醫院。

第十章

高守停好車，我也跳了下來，取下安全帽，問道：

「高守，你帶我來這裡做什麼？」

高守將我和他的安全帽放在摩托車上，然後拉著我走，什麼話也沒講，帶我來到了醫院的入口，那裡站著一個女人，頭髮呈大波浪披在肩上，輪廓深邃，長得非常漂亮，而且她好像……好像……像誰呢？

高守走到她面前：「請問妳是蒙渚的媽媽嗎？」

我大吃一驚，難怪我覺得她很面熟！因為她和蒙渚長得有幾分相似，只是……怎麼會？

「是的，你快告訴我，蒙渚他在哪裡？」蒙渚的媽媽焦急地拉著高守的手。

「請跟我來。」

高守拉著我的手往前走，蒙渚的媽媽則跟在我們後面，我不免相當疑惑，高守怎麼會和蒙渚的媽媽約在這裡？他們之前有接觸嗎？

我們搭上電梯，來到了位於頂樓的特級病房。

高守走到蒙渚的病房門，打開門，身子止住，我疑惑地往前一看，原來蒙渚的爸爸在裡面，突如其來的造訪，讓我有些尷尬。

蒙渚的媽媽踏進病房，蒙渚的爸爸臉色一變。

「妳……妳怎麼會來？」

「志清，你為什麼不告訴我小渚出事了？」蒙渚的媽媽滿臉痛苦，衝上去看躺在床上不能動的蒙渚。那種心碎的眼神，我在老爸的身上看過。

「我有聯絡妳，妳卻不回我電話。」

「你沒有！」

「我有！」

兩個大人像小孩子開始吵了起來，連我都看不下去了。最後高守站在兩人中間，逾越輩分地對他們兩個人大吼：

「好了！你們不要再吵了，蒙渚他不會開心的。」

蒙渚的爸爸和蒙渚的媽媽兩人對望了一眼，沉默了下來。最後，蒙渚的媽媽走到

第十章

蒙渚身邊，悲切地道：

「小渚，媽來了，媽來看你了……」

「妳去妳的紐約，又何必再回來呢？」蒙渚的爸爸沒有再吵，只是變得冷言冷語。

「我沒有去紐約，我去的是舊金山。」

我看到他們兩人對望，彼此一愣，原來……這就是蒙渚的媽媽一直沒能來看他的緣故嗎？真是命運作弄。

「我們走。」高守牽著我的手，走了出去。

「高守，這是怎麼回事？」離開蒙渚的病房後，我就迫不及待地問他。

高守有些恍神，我推了他一下。「高守？」

「喔？什麼事？」他回過頭來看我。

「你在想什麼？心不在焉的。我是問你，蒙渚的媽媽為什麼會在這裡？」快把我憋死了。

「喔！這個呀！是我在網路發表了一篇文章，請大家幫忙尋找蒙渚的母親。」

「網路發文？」我愣了一下。

「對呀！在妳跟我說蒙渚的事情後，我就覺得，如果蒙渚沒有見到他的母親就死去，一定會很恨她。可是做父母的，再有什麼恩怨，也不可能完全拋棄小孩子，所以我才請網友把文章轉貼出去，希望大家能幫忙找到她。而前兩天蒙渚的媽媽打電話給我，我在處理這件事，才沒有去找妳。」

原來……這就是高守沒來店裡的原因？他是為了蒙渚……看著高守，我心中一陣澎湃。

「原來……蒙渚他媽媽在國外。」

「對呀！她先前在紐約，後來才搬到舊金山，難怪蒙渚的爸爸沒有聯絡到她。」

「蒙渚還以為他媽媽都沒來看他，是他誤會了。」我突然想到一件事，「啊！不知道蒙渚知不知道他媽媽來看他了？」

「這就不知道了——」

這時病房內突然傳來驚叫：

第十章

「蒙渚！蒙渚！」男人的聲音，是蒙渚的爸爸。

「小渚，你快醒來呀！」蒙渚的媽媽在哭叫著。

發生什麼事了？我和高守往病房裡一起跑去，看到兩個大人驚慌失措地哭叫著，圍在蒙渚的身邊，而床頭顯示生命跡象的儀器，也發出了嗶嗶的聲音，高高低低的曲線圖，拉成了一直線——

※　※　※

我是多麼幸運，在走了一趟生死之間後，又回到自己的世界，和我所愛，也愛我的人在一起。

死之後的世界，到底怎麼樣？我也不曉得，因為那時躺在醫院的「我」只是植物人，還沒完全死透，現在的我又醒過來了。對未知的世界，仍是一點都不了解。

可惜知道的人，並不會回來告訴我們，就像蒙渚。

是的，蒙渚死了，在三天前，在醫院裡，在他媽媽來看他之後，正式地死亡。

蒙渚的媽媽哭哭啼啼，對她來說，這是難以抹滅的遺憾；但在我看來，已經算是圓滿了。

蒙渚，你看到你的母親了嗎？

「琳琳！」

我轉過頭，高守衝了過來，坐在我身邊的草坪上。「今天不是假日？客人不是很多嗎？妳怎麼在這裡？」

「店裡有阿水嬸，我就跑到堤岸來了。難得出來一趟，感覺真好。」我躺在堤岸邊的草皮上，看著上頭飄著的白雲和藍天，天氣很好，光線充足，又不會太刺眼，只有涼風吹拂，真是太棒了。

「原來如此。」

「那你怎麼沒有在店裡幫忙？」我開玩笑著。

「我在店裡，妳爸跟阿水嬸都很尷尬，後來我問他們妳在哪裡，就出來找妳了。」

老爸和阿水嬸，呵呵……看來好事近了。

高守調整坐姿，問道：

「妳剛在想什麼？那麼認真。」

「我在想蒙渚——」

「什麼？」高守臉色大變，語氣高亢，「妳想他做什麼？」

「你別緊張嘛！我只是在想，他看到他媽媽了沒有？醒過來的我並不能回到那個奇怪的白色世界，所以我才在想呀！」我坐了起來。

「原來如此。」高守臉色稍霽。

「要不然你以為我想他做什麼？」我打趣地問道。

「這就要問妳啦！」他的表情還是臭臭的。

我抱著他的腰，頭靠在他的肩膀上，撒嬌地道：

「你放心，我最喜歡的就是你了。能把我從另外一個世界叫回來，有一半的原因就是你。」

「那另外一半呢？」

「是我老爸囉！」

「喔！」

「所以你不生氣了?」

「有什麼好生氣的?」

「因為我剛剛說到蒙渚呀!」

「反正妳人現在在這裡,他想搶也搶不走。」高守也知道蒙渚曾經阻止我醒過來的事情,這一點讓他相當不滿。

「我才不會讓他得逞呢!」我撒嬌地摟著他的腰,寬寬的,好舒服,他的胸膛……感覺好厚實喔!

「那就好。」

「謝謝妳……」一個輕淡的聲音傳進我的耳朵。

誰?我抬起頭來,看著高守。

「你說什麼?」

「什麼什麼?」高守奇怪地看著我。

「你突然謝謝我幹什麼?」

第十章

「我沒有說謝謝妳呀！」

「你明明有呀！」

「我沒有啊！」

高守這麼堅持，我也不禁疑惑起來，對厚！沒事他跟我說謝謝幹什麼？可是我明明聽得很清楚，那是個男孩子的聲音——啊！莫非？

我抬起頭，看向無垠的蒼穹，那個屬於人力未及而不可知的世界……

然而我還留在這裡，就該好好把握身邊的人事物。

我站了起來，以猝不及防地速度在高守臉頰上輕啄了一下，然後跑開，看到高守發愣，並摸著自己臉頰的模樣十分有趣，我不禁咯咯笑了。而不到三秒的時間，他也跳了起來跑向我，於是我們兩個就在堤岸的草皮上叫著、笑著。

高守在我身後追逐，我的頭髮被風吹得好亂，奔跑的汗水都流在身上溼答答的。我的腳下是寬廣的大地，頭上是蔚藍的晴空，我的世界是多麼美妙。

活著真好。

電子書購買

國家圖書館出版品預行編目資料

當我離開，才知道愛 / 梅洛琳著. -- 第一版. --
臺北市：崧燁文化事業有限公司, 2021.11
面； 公分
POD 版
ISBN 978-986-516-878-0(平裝)
863.57 110016350

當我離開，才知道愛

臉書

作　　者：梅洛琳
編　　輯：柯馨婷
發 行 人：黃振庭
出 版 者：崧燁文化事業有限公司
發 行 者：崧燁文化事業有限公司
E-mail：sonbookservice@gmail.com
粉 絲 頁：https://www.facebook.com/sonbookss/
網　　址：https://sonbook.net/
地　　址：台北市中正區重慶南路一段六十一號八樓 815 室
Rm. 815, 8F., No.61, Sec. 1, Chongqing S. Rd., Zhongzheng Dist., Taipei City 100, Taiwan (R.O.C)
電　　話：(02)2370-3310　　**傳　　真**：(02) 2388-1990
印　　刷：京峯彩色印刷有限公司（京峰數位）

定　　價：280 元
發行日期：2021 年 11 月第一版
◎本書以 POD 印製